有爱的青春陪伴者

陆医生的小玫瑰

Dr.Lu's little rose

丁十三 / 著

花山文艺出版社
河北·石家庄

图书在版编目(CIP)数据

陆医生的小玫瑰 / 丁十三著. -- 石家庄 : 花山文艺出版社, 2022.8
ISBN 978-7-5511-6182-4

Ⅰ. ①陆… Ⅱ. ①丁… Ⅲ. ①长篇小说－中国－当代 Ⅳ. ①I247.5

中国版本图书馆CIP数据核字(2022)第099339号

书　　名：陆医生的小玫瑰
luyisheng de xiao meigui
著　　者：丁十三

责任编辑：董　舸
特约编辑：伍　利 裴欣怡
责任校对：郝卫国
封面设计：小茜设计 Miniqian Designstudio/QQ310094811
内文设计：孙欣瑞
封面绘制：兔子与夏Y
美术编辑：胡彤亮
出版发行：花山文艺出版社（邮政编码：050061）
（河北省石家庄市友谊北大街330号）
销售热线：0311-88643221
传　　真：0311-88643225
印　　刷：长沙鸿发印务实业有限公司
经　　销：新华书店
开　　本：880mm×1230mm　1/32
印　　张：8.5
字　　数：180千字
版　　次：2022年8月第1版
2022年8月第1次印刷
书　　号：ISBN 978-7-5511-6182-4
定　　价：39.80元

目录 / contents

Dr Lu's lilltte rose

目录 / contents

Dr. Lu's lillte rose

Chapter 01...

天生丽质
难自弃

富丽堂皇的整形咨询室内，整形顾问 Linda 脸上挂着得体的笑容，嘴巴一张一合，不遗余力地介绍着。

“这些是我们院新推出的女性肌肤护理项目，用的都是最先进的保养器械。”Linda 将宣传单往舒宜面前推了推，“上面有各个项目的简介，想了解哪个方面我可以详细跟您介绍。”

舒宜端着吊梢眉丹凤眼，及腰的长发散在脑后，一袭长裙将身材勾勒得凹凸有致。明明是一张魅惑到极致的妖媚脸，本应娇软着身姿，可此时跷着二郎腿坐在沙发上，脸上是明晃晃的不耐烦。

“给我介绍一下你们的整形业务。”

Linda得体的笑容一愣，而后仔细端详了女人片刻，摇了摇头：“舒小姐，按理说我们是不会主动拒绝客户的，但无论是您的五官配比，还是身体曲线都几乎完美，说是天生尤物也不为过。一些基础的保养项目其实就已经足够，不建议您动刀子。”

天生尤物？

舒宜听到这个词不知想到了什么，嗤笑一声，直接问道：“你们这里可以做眼角缝合，下颌脂肪填充手术吗？另外，缩胸项目我也想了解一下。”

语闭，整个咨询室陷入短暂的沉寂。

Linda仿佛出现幻听般跟着重复了一遍舒宜的需求，在得到舒宜肯定的答复之后站起了身子，微微欠了欠身道：“您的要求有些特别，我可能需要去咨询一下，请您稍等。”

房间变得空荡荡，舒宜的面前摆放着一面镜子，镜子里的女人明眸似水，红唇雪肤。舒宜压了压嘴角，伸手将镜子扣在桌子上，就是这张脸让她厌恶了十年。

“刚刚里面的小姐想要缝眼角，还想填下巴和缩胸。”

突然，Linda的说话声透过虚掩的门传来，舒宜耳朵动了动，随即起身走到门边，声音变得更加真切。

“就刚进来那个？不会吧！”另外一位顾问忍不住惊呼，“我要是有那张祸国殃民的脸和那副魔鬼身材，简直做梦都要笑醒了。

还缩胸，你听错了吧！”

舒宜伸手把门打开了一条缝隙，女人的声音变得更加真切。

“这你就有所不知了，美女的脸都是随着男人的口味变化的。男人嘛，今天喜欢这样的，明天保不齐就换了口味，现在下垂眼不是很流行嘛！”Linda冷哼了一声，语气与方才面对她时截然不同，“你看她长了张这么漂亮的脸，保不齐私生活多混乱，现在的人啊，为了钱真是不择手段。”

说完，Linda不忘催促：“你去看看咱们陆院长来了没，问问他这个单接不接。”

若不是亲耳听到，任谁都不会想到方才还满面笑容夸奖她是“天生尤物”的女人此时会说出这样的话。

在门后偷听的舒宜敛下眸，双臂环胸靠在门边，嘴角上翘带着慵懒的嘲讽。

几分钟后，再次回来的Linda已经摘下刻薄的面具，脸上挂上得体的笑容：“抱歉久等了，我同事现在正在咨询院长。”

“确实应该咨询院长。”舒宜抬眸，声音慢条斯理，“贵店公然侮辱顾客，我倒是想听听你们院长怎么讲，是不是每个前来咨询的人都要经受这样的诽谤。”

声音传到外面，大厅的客人纷纷投来目光。

没想到舒宜会听到对话，Linda双眸闪了闪：“舒小姐，您真会开玩笑。如果不想做也不必这样。”

舒宜被气笑了，自己做了好几年的功课，精挑细选了这家私人整形医院，结果鼓足勇气来了之后，对方是这样的态度和嘴脸。

吃什么都不能吃亏的舒宜听到这话，反而挺直了腰板，黑色高跟鞋在地板上点了两下：“我现在不想跟你说，让你们院长过来见我。”

“对不起，我们院长很忙，没时间接待。”

此时的Linda，跟之前谄媚着推荐产品的她判若两人。

“没关系，我不忙，我直接去外面找他。”说着，舒宜往门外走。

Linda到底心虚怕事情闹大，慌忙拽女人的胳膊。舒宜看着娇软，但力气大得惊人，手臂用力一甩，Linda重心不稳直接摔倒在地上，连带着打碎了门边的花瓶。

巨大的破碎声立刻吸引了外面的人的注意力，几个工作人员见事不好跑过来。Linda瞧见同事们，得势一般坐在地上哭了起来，原本的受害者舒宜秒变肇事者。

“怎么回事？”

低沉的男声传来。

在场的工作人员仿佛遇到了救星，帮忙解释：“陆院长，这位小姐在院内寻衅滋事，把Linda给打了。”

寻衅滋事，这是连罪名都想好了。

“你们还真是黑店啊，做不成买卖就走讹人路线。”舒宜冷笑一声，眼里闪过凌厉，抬眸，“你是院长？”

话音刚落，薄怒的双眸刚好对上身后那人清冷的目光，舒宜视线凝固了两秒，越看对方越眼熟，脱口而出：“陆时禹？”

陆时禹也立刻认出眼前人，嘴边添上一抹笑意："原来是你啊，还真是巧。"

出来整容遇见前男友，还真是该死的巧。

舒宜顿时失去了好心情，阴阳怪气地说了句："原本还在奇怪什么店会聘用这种素质的员工，现在看到你是院长，也就不奇怪了。"

舒宜说完打算直接离开，却被陆时禹挡住："这话说得就有些莫名其妙了，就算是见到老朋友不想叙旧，也得解释一下为什么我的员工现在坐在地上吧？"

"你的员工为什么坐在地上我怎么知道，"舒宜不耐烦，"难不成你以为是被我打的？"

陆时禹煞有介事地点了点头："也说不准，毕竟你也算有前科。舒小姐当年给我的那巴掌，让我记忆尤深。"

这人还有脸提当年的事，舒宜拉下脸："既然这样直接报警吧，你们店应该有监控吧。"

舒宜说着拿出手机就要拨打电话，一旁的陆时禹手臂环胸，一副悉听尊便的样子。

"误会，都是误会。"再也装不下去，Linda从地上爬起来，"是我的服务让舒小姐不满意了，她不高兴也是有原因的，不怪舒小姐。"

她只想赶紧请这位客人离开，没想把事情闹这么大，若真是报了警调了监控，恐怕她的工作也保不住了。

不愧是做销售咨询的，话术不一般，三言两语就将自己树立成了受了委屈的坚强小白花。

舒宜想到什么嗤笑一声：“这么多年过去了，你的品位倒是始终如一啊。”

她漫不经心地拢了拢大波浪长发：“这位院长，你的人都说没事了，请问现在我可以走了吗？”

陆时禹瞥了眼楚楚可怜的 Linda，捻了捻袖口：“人是没事，但我这个古董花瓶被你打碎了，总得给我个交代吧。”

烈日当空，大片阳光透过落地窗照进来，整间办公室都被裹上了一层暖意。然而舒宜瞧着手里的几张纸，只觉得从头到脚都透着一股凉意。

“陆时禹，你觉得我长得很像冤大头吗？一个破花瓶你跟我说要五十六万，忽悠人总得有个限度。”

“发票和收据就在你手里，信不信随便你。”陆时禹靠在办公桌前，神色慵懒，“你不愿意赔也没关系，看在我们过去情谊的分儿上算了。”

“千万别，我跟你不熟。”舒宜咬牙保持傲骨，“花瓶碎片连同发票我都会找人做鉴定，确定属实的话，欠你的一分都不会少。”

“最好是这样。”陆时禹脸上始终保持着笑意，无处安放的长腿跷起来，“你是过来咨询整形的？有什么可为你效劳的，或许可以跟我谈。”

闻言，舒宜盯了他两秒，仿佛听到了什么笑话，只字未言，径直起身走了出去。

这次陆时禹没有再拦舒宜，等到女人离开后，脸上的笑容才彻底消失。他接通内线助理的电话：“把刚刚的监控调出来，连同舒宜填写的信息表一起给我。”

舒宜出了医院就清醒了，自己刚随口应下的赔款金额可是五十多万。她打算将这件事直接委托给熟悉的律师处理，刚摸出手机，电话就响了起来。

“舒宜姐，你在哪儿？”

打电话过来的是项目组的同事，舒宜目前在一家传媒公司做业务主管，最近正在跟进一家公司的合作项目。听到江淮临语气急促，以为是之前谈拢的合作出了什么状况，她急道：“马上到公司，是项目出了什么问题吗？”

“不是不是。”江淮临声音压得有些低，“是公司出了点事，你、你先别回来……”

“我到了！”车稳稳地停下，舒宜也没听清江淮临说什么，“我先用手机付车费，有什么事见面说。”

她推开车门急匆匆跑出去，人还没进大门，就听见一道尖锐的声音：“姓舒的，我终于堵到你了！”

紧接着，一位中年女人像炮弹一样冲过来，直接薅住舒宜的长发。

舒宜被拽得一个踉跄，头皮像是被撕裂了一样痛。

舒宜飞速看了眼对方——四十多岁的样子，长相普通，俗气的红色碎花上衣包裹不住她臃肿的身材。

舒宜搜遍了大脑也没认出对方，用力挣脱对方的钳制：“你谁啊，快放开我！”

“我是谁？你当然不知道我是谁，你忙着惦记别人老公怎么有心思打听我是谁！”女人喘着粗气，“我今天就是要替天行道，教育你这个破坏别人家庭的小蹄子！”

女人边说，边挥舞起拳头，直接冲着舒宜的脸打过来。

舒宜岂会平白无故受气，飞速踢掉脚下的高跟鞋，屈膝对着女人的肚子用力一踢，女人当场就疼得失了力气。

“没事来找碴儿，姑奶奶我从小到大打架还没输过！”

对方没想到舒宜看起来弱不禁风的，下手居然这么重，缓了几秒钟后，又“嗷”地喊了声，作势冲着舒宜扑过来。

舒宜抬腿，刚想踢过去，一个身影突然挡在面前：“你还真是爱打架。”

舒宜看到突然冲过来的人一愣：“陆时禹，你怎么在这儿？”

会议室的空调呼呼往外吹着风，原本吵闹的女人此时坐在椅子上，低着头用纸巾擦着眼泪。整个房间除了啜泣声，再没其他声音。

动手的女人叫林春娇，是舒宜公司老板曹铭的老婆。方才就在舒宜打算报警的时候，曹铭气急败坏地从办公楼冲出来，连哄带劝地把人都请到了会议室。

“小舒啊，今天让你受惊了。”曹铭给舒宜倒了杯水，“我老婆就是没事爱胡思乱想。这不是那天，来了趟公司瞧见你就觉得你漂亮，回去就疑神疑鬼的。明明没影儿的事，搞成这样真是不好意思。”

说完，他又呵斥林春娇：“还不赶紧给人家姑娘道歉。在外面闹这么一出，得亏没什么人看到，这要是传出去我还要不要脸了？”

“我凭什么道歉，你跟她要是没点事儿，你的手机里为什么会有几百张她的照片！”林春娇作势要抢曹铭的手机，“现在嫌我不要脸了，你们做出这种事要脸？”

曹铭在业内的风评原本就很差，舒宜刚参加工作时，他也曾暗示过，但都被舒宜挡了回去。原本以为曹铭断了念想，没想到居然还没死心，偷偷拍了舒宜这么多照片。

瞧着对面满脸横肉，年龄快赶上她爸的曹铭，舒宜心里犯恶心。

曹铭脸上挂不住：“胡说八道什么，我看你真是疯了！你现在就给我回家，否则咱们立刻离婚。”

林春娇听到这话立刻号啕大哭，开始骂曹铭是白眼狼，有钱了就抛弃糟糠妻，会议室里瞬间吵得不可开交。

舒宜眼里揉不下沙子，事情已经到了这个地步，就算待遇再好留下来也没意思，当场就提出了辞职。

工作了这么多年，舒宜手里也握着很多资源，就算抛开感情因素，曹铭也不舍得放舒宜走，但架不住林春娇以死相逼，最后也只得答应。

“都结束了？”

“陆时禹，你怎么还在这里？”

“看来谈判的结果不太好，你被辞退了啊？”

“关你什么事？”

“怎么不关我的事，你失业没钱还我的债，跑路的话我找谁去。”

“放心，我就是砸锅卖铁卖艺卖身，都不会欠你的钱。”舒宜把从办公室整理的包裹往肩膀上扛了扛，没好气道，“麻烦让一下，别挡门口。”

“你就是这么对待你的债主兼救命恩人的？”

“你算哪门子救命恩人，少给自己脸上贴金。要不是你，我早就把林春娇揍了。”舒宜把手里的东西放下，仰头瞧着对方，“你过来找我到底有什么事，专程来看我笑话的？”

“你还想整容吗？我可以帮你。”

纯黑色的汽车内干净整洁，除了中控台上方悬挂着一串深色的佛珠外，别无他物。淡淡茶香在车内弥散，透明玻璃杯中冒出徐徐热气。

狭小的空间让舒宜变得没有安全感，她觉得自己是被这一天狗血的经历冲昏了头脑，此时才会坐上陆时禹的车。

陆时禹找了一个干净的杯子，往里头倒了半杯白茶递给舒宜：“白茶可以凝神静气，尝尝看。”

“你倒是会享受。”舒宜无视了那杯茶，手指不耐烦地敲了敲，“你刚刚的话什么意思？”

“我分析了你的脸形配比，也看了你的整形诉求，或许我可以帮你。”

陆时禹把茶杯放下，从后座拿出一张画纸，随手画了几笔，一只炯炯有神的眼睛跃然纸上。

“你的眼睛是标准的双凤眼，眼尾上翘，上眼睑微下，整个眼形细长。如果我没猜错的话，你是想减轻双眼的媚色，那么缝合眼角并不是最优方案。”

说完，他在纸上简单添加了几笔：“如果将下眼睑的位置往下移动，这样整个下眼睑的弧线就会更加平直，线条也不会这么锋利。”

果然，经过男人修改的双眼瞬间从魅惑诱人的成熟款变成了楚楚动人的俏皮款。

原本没有太多兴趣的舒宜立刻被这种神仙操作吸引了目光，她倒是没想到自己的前任，如今会变得这么厉害。

陆时禹见方才还拒自己于千里之外的姑娘此时变了神情，眼底添了笑意，继续说道：“还有你说的下颌脂肪填充。你的脸部骨骼非常立体，眼型配上现在的瓜子脸其实是适合的。但如果要是变化眼型，那么你的下颌弧度也要做相应的调整，但下颌弧度具体要变成什么样，还需要根据你到时候做出来的效果进行分析。”

这倒也是不急，舒宜眯了眯眼，陆时禹会这么好心？

她问：“为什么跟我说这些？”

闻言，陆时禹露出一口小白牙："找你赚钱啊。"

赚钱赚到前女友身上，还真是会做生意。

舒宜无语，听着陆时禹继续说道："现在整形市场鱼龙混杂，半路出家的整形医师很多。你要做的项目国内需求小，手术难度高，术后风险大。根据我对这个市场的了解，你放心吧，这个单除了我没人敢接。"

陆时禹说的几个问题她早就知道，前前后后她也跑过几家医院，得到的全都是不建议手术的回复，不然她也不至于拖到现在。

舒宜挑眉："你就行？"

陆时禹闻言冷笑："看来今天你来我们院之前没做功课啊。"

"国内第一主刀手，业内公认的'魔法师'，"陆时禹说着理了理衣角，脸上露出傲娇的神色，"不巧，正是在下。"

"啧。"舒宜嘴角抽了抽，"打扰了。"

开门，下车，走人，整套动作一气呵成。

陆时禹："……"

身负巨款又突然失业的舒宜直到临睡前，才后知后觉自己目前的窘状。她坐起来对着计算器噼里啪啦一通狂按，发现自己之前真是对目前的财务状况盲目乐观，不要说赔款，失去工作后她连活着都很难。

焦虑到凌晨睡下的结果就是好不容易熟睡，梦见的不是陆时禹扛着花瓶让她赔钱，就是陆时禹举着手术刀要给她整容，反反复复折腾了一夜。

挂着两个黑眼圈爬起来，舒宜瞬间想通了，面子确实不值几个钱，再说现在大家都是成年人，她跟陆时禹的过节都是些陈芝麻烂谷子的事儿，伤害到钱没必要！

大彻大悟的舒宜换了一身嫩黄色的露背连衣裙，顺便化了个美美的妆，准备去找陆时禹谈判。

昨夜下了一场大雨，整个街道都被冲刷得万分干净。舒宜脸上戴着一副巨大的墨镜，踩着高跟鞋避开一摊摊污水，躲在医院正对面的大树后面，一边窥视着门内的情况，一边琢磨着等会儿见到陆时禹的说辞。

陆时禹上班时，看到的就是“被剥了一半的香蕉”躲在自家医院门口，探头探脑的场景。

他挑了挑眉，从后面走过去，不动声色地遮住女人背后的大好风光，双臂抱胸，跟着对方一起朝里头张望。

“偷窥我啊？”

身后传来的声音吓得舒宜一个激灵，她下意识地往后退了半步，结果一脚踩进淤泥，还没来得及恶心，鞋跟突然打滑，眼见着整个人就要扑在地上，幸亏陆时禹眼疾手快一把扶住她，连带着将人拐进自己怀里。

好巧不巧，医院的咨询师阮桃从店里出来，瞧见陆时禹开心地挥舞手臂：“陆院长，早上……”

突如其来的一幕硬是让她把“好”字憋了回去，他们素来冷艳高贵的院长怀里抱着的，该不会是个姑娘吧？

气氛谜之尴尬。

见有人过来，舒宜又羞又臊：“要抱我到什么时候，还不放我下来？”

“过河拆桥啊。”陆时禹低声回了句，声音凉薄，直接撒手。

结果舒宜右脚才触到地面，一股钻心的疼让她再次单脚跳起，双手死死攀上陆时禹的脖子：“不行，不行。”

“现在赖上我了？”

“少往自己脸上贴金，我这是崴着了！”

两人一来一往，阮桃再次被遗忘。

被当作空气的阮桃捂着滚烫的脸，嘟囔着“我什么都没看见”，飞速钻进了医院。

不到一分钟，陆院长抱着美女回办公室的新闻就传遍了整个医院，有人认出对方正是昨天前来咨询的女人，一时间议论纷纷，都在猜测两人的关系。

谁能想到，看似禁欲的陆院长，居然喜欢长相妖艳、性格火辣的小玫瑰。

丝毫不知道自己已经成为八卦女主角的舒宜，此时正龇牙咧嘴坐在沙发上，一只脚被陆时禹捏在手里，疼得晃来晃去：“陆时禹你到底行不行啊，我现在很痛！”

女人的脚白嫩小巧，只有一个手掌般大小。五个指甲涂着张扬的黑色指甲油，和白色肌肤形成了强烈的颜色对比。

“我不行，你行？”陆时禹双眸深了深，声音有些沙哑，“别乱动，忍着点。”

一群人趴在院长办公室门口，听到对话都露出兴奋又猥琐的笑容。

阮桃听得面红耳赤，一手捂着心脏，一手在脸上扇着风，自家院长撩起来真是要命。

“聚在一起做什么呢？老陆门上有东西啊？”一道声音大剌剌地传来，齐放穿着白大褂，双手插兜吊儿郎当地从楼梯走上来。

“嘘嘘嘘！”阮桃两只手往下压，凑过去小声说，“陆院长办公室有人。”

“那不是正常！”

齐放拨开人群，打算直接敲门，被阮桃拖住：“不……不行，现在不能进去！”

外面叽叽喳喳，紧闭的门突然间被打开，陆时禹阴沉沉的脸露出来：“都闲得没事儿干了？还不赶紧回自己的岗位！”

一句话，在场的人作鸟兽散，只留下齐放，踮脚往里头张望，只看见了一抹黄色的裙摆：“谁啊？”

陆时禹抬起眼皮，瞧了眼自己的搭档，仿佛在说“关你什么事”，然后直接关了门。

齐放：“……”

阮桃说得对，这个人肯定有问题！

再次关上门，陆时禹的视线瞥过去，瞧见舒宜仿若无骨般坐在沙发上，长发及腰，皮肤白皙，一双眼湿漉漉的。难得她有安静的时候，如果不是那件大黄色的连衣裙太刺眼，陆时禹可能会觉得更加赏心悦目。

“没伤到筋骨，但为了预防以后会习惯性扭伤，还是建议打石膏固定一下。”

“我不要。”舒宜皱眉，“丑得要命。”

陆时禹无视舒宜的话，转身：“我去拿石膏。”

这人总是这样，自以为是！自作主张！

“你耳聋啦，我说不要！”舒宜爹毛，“你搞清楚，现在你可没资格命令我，我们早八百年就分手了！”

陆时禹正在翻找柜子的手一顿，转身面无表情地望着小姑娘：“你刚刚说你今天是来问打碎花瓶的赔偿问题……”

又用钱威胁她。

舒宜咬牙，不就是石膏嘛：“打！现在就打！”

纤细的右腿搁在男人的膝头，陆时禹半蹲在女孩面前，垂眸神情专注地固定石膏的位置。因为低头的动作，刘海稍稍遮住额头，两道剑眉伸展开，稠密的睫毛半敛，在眼底形成一小片阴影。

陆时禹是好看的，舒宜早就知道，不然也不会偏偏对他动了心。

不想再被这人的外表蛊惑，舒宜转而盯陆时禹的手上动作。看着他的一双手骨骼分明，每一颗指甲都剪裁得干干净净，让她陡然想起方才男人捏住自己右脚时，掌心微凉的触感。

两人十指紧扣，走遍大街小巷的青涩毫无防备地闯进脑海，舒宜一抖，就听男人问道：“弄疼你了？”

“没有。”

也不知道是不是那些回忆不合时宜地涌入，舒宜转过脸，神情多了点不自在。结果走神了片刻，再低头时就被自己脚上这个硕大的“馒头”惊得说不出话来：“你家纱布不要钱，你给我缠了个珠穆朗玛峰出来？陆时禹，你该不会是故意报复吧！”

陆时禹慢条斯理地打了个结，满意地敲了敲：“这样比较牢固。”然后起身把那双溅了污泥的高跟鞋踢到一边，“走路不稳，就少穿这种会让自己受罪的鞋。”

“你少恶人先告状，要不是你在后面突然吓我，我能崴脚？”舒宜越说越觉得有道理，眼珠子转了转，“实际上我昨天摔碎你的花瓶也是无心之举，既然都是无心之举，不然就抵消吧。”

“吓到你我有一部分责任，所以给你打了石膏，如果你愿意，我可以贴身照顾你，直到你恢复正常。”陆时禹用湿巾一根一根擦着自己的手指，将“贴身”两个字说得铿锵有力，“花瓶的事我也说了，你要是不想赔，看在我们以前的情谊上，我不会强迫。”

“我跟你没情谊！”又搬出来这套说辞，陆时禹就是摸准舒宜最烦听到什么往日。

“欠你的我不会少给你。”舒宜哼了句，声音降低，“只是得缓一缓。”

她清了清嗓子：“那天你也看到了，我才刚刚失业，最近资金略有些紧张……”

“理解。”陆时禹坐在舒宜对面，突然说了句，“Linda 被我辞退了。”

舒宜一愣，还在想陆时禹怎么突然将话题转到这个上面，就听这人继续说道："因为你。"

这顶帽子扣得有点大吧。

舒宜正想辩驳，陆时禹解释："我看了监控，我这里容不得诋毁客人的员工。不过有一点比较奇怪，在此之前，Linda 是本店业绩最好的咨询师，几乎零差评。"

所以这个人的意思是，是她逼 Linda 讲出那样的话来喽。

来之前带着的丁点和解念头立刻烟消云散，舒宜再次进入战斗状态，还没开口就见陆时禹突然笑了笑，直接堵住舒宜未骂出口的话："所以舒小姐，你可能需要赔我一个咨询师了。"

舒宜："？"

房间内针落可闻，偶尔能听到外面员工走动的声音。

舒宜直勾勾地盯着陆时禹，仿佛要将这人看出一个洞来。

在这里工作一年，抵扣掉花瓶的赔偿，薪资单独结算，还能享受到员工整形的最低折扣。舒宜舌尖抵住腮，怀疑眼前的条件是陆时禹为她设置的陷阱。

陆时禹似乎看出了舒宜的犹豫，戴上放在桌子上的平光镜，将斯文学者的形象演绎得淋漓尽致："你可以考虑一下，如果你想整容的话这是最好的选择。你现在右脚脚腕软组织挫伤，短时间内没办法找到工作。就算我可以不要你打碎花瓶的赔偿，靠着存款你能支撑多久，更别提整容。我早就说过，你的双眼原本就带着极强的个人特点，大多数的整形医生不愿意做已经没有调整空间的面容，因为一旦做完效果不若从前就等于自砸招牌，没有人想要担这个风险。”

这么多年，舒宜一直在刻意回避陆时禹的新闻，昨天听完男人的介绍后，她上网检索了一番，发现陆时禹在专业领域获得过各类奖项。还有很多关于他的国外报道，看起来就很高级的样子。

陆时禹这个人从小优秀到大，舒宜丝毫不质疑这人的专业性，不过……

“为什么帮我？”

“把人变漂亮我最擅长，把人变平庸倒是没试过。”陆时禹转了转手腕，“特别是这个人还是前女友，想想挺刺激的，不妨一试。”

呵，这个理由还真是坦诚。

舒宜眼睛转了转，想到什么，看向陆时禹时笑得像朵太阳花：“整容的问题以后再谈，我答应以工抵债，不过我也有一个条件。”

陆时禹挑眉，用眼神示意她继续说。

舒宜眯了眯眼：“你得答应一年内不许辞退我。”

“可以，相应地，你也不能请辞。”

“一言为定！”

Chapter
02...

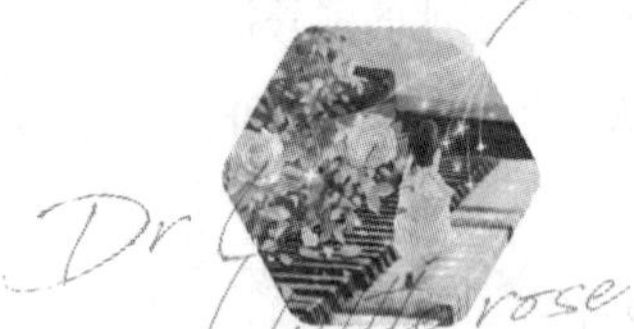

眼前人

入夜，骤雨突至，连续的闪电将整个暗夜照亮，伴随着轰隆的雷声，窗外晃动的树枝影子被映射到墙壁，张牙舞爪的，仿佛吃人的怪物。

舒宜贴着面膜躺在床上，听着外头的雨噼里啪啦跟不要钱似的下，被包得像粽子一样的右腿架在靠枕上，她一边悠闲地哼着歌，一边在本子上唰唰写着计划。

没错，此时的她正在酝酿着一个庞大的计划。

一个，拖垮整形医院的计划。

原本她都打算大人有大量放过陆时禹一马，没想到陆时禹却主动找上门来，再次招惹她。

她不知道是自己要整容这件事引发了陆时禹的好奇心，还是这人根本就是另有目的，反正对她而言，顺水推舟应承下来的目的只有一个，那就是将过去的恩怨全部了结！

想得正带劲，一阵急促的电话铃声划破雨夜。舒宜伸出一只手胡乱摸到了手机，对着听筒“喂”了一声。

“睡了？”

男人嗓音特有的喑哑吓得舒宜一激灵，面膜险些掉下来，索性直接撕掉扔在旁边坐直身子，不确定地问了句：“陆时禹？”

“嗯。”

陆时禹站在落地窗边，看着外头的雨点砸在地上，在路灯的照射下溅起一朵朵小花。

“这么晚打电话有什么事吗？”

“提醒你明天记得上班。”

千里压榨新员工？

舒宜心里默默吐槽，喝了口水咂摸了两下嘴巴，语气傲娇：“可能不太方便，我脚还没恢复。”

“我知道。”陆时禹的声音在黑夜里显得特别低沉，“所以我特意通知你，明天早晨八点，我来你家接你，楼下见。”

“咳咳……”舒宜被白开水呛到，“陆时禹你能不能有点人性，我刚辞职，一天都没休息到！”

陆时禹靠着窗框，卸下平日的紧绷，脸上带着笑意：“我少了个咨询师，你知道一天会损失多少钱吗？”

这话倒是有些意思，舒宜摸了摸下巴：“陆时禹，你该不会想重新追我吧？”

“呵。”陆时禹闻言像听了天大的笑话，“不早了，赶紧睡吧，梦里什么都有。”

“不是最好！”舒宜骂完，直接挂断电话。

听着忙音，陆时禹都能想象得到舒宜此时气急败坏的表情，眼底的笑意更浓了。

舒宜气鼓鼓的，使劲儿翻了个身，记忆飘到了那个夏天。

初遇陆时禹是在初三毕业的暑假，那天炽热的太阳烈到将道路融化。舒宜穿着裙裤，在路上将脚踏车骑得飞快。转弯的路口，突然走出来一个抱着篮球的大男孩，压低的帽檐遮住了他大半张脸，宽松的T恤外头套了一件黑色的宽松外套。眼看着就要迎面撞上的舒宜惊呼一声按紧刹车，高速转动的车轮禁不住开始剧烈晃动，下一秒，她就摔在了滚烫的柏油路上。

“你没事吧？”

撞进舒宜视线的，是一双充满忧虑的眸子。身下的温度似乎焯烫了肌肤，舒宜顾不得疼痛慌忙爬起来，男孩见状帮忙扶起了摔落的自行车，眉头一皱：“你流血了！”

此时舒宜淡蓝色的短裤背后，绽放了一朵娇艳的红色之花。

阳光下的舒宜白得发光，一张脸却像充了血般。少女何时经历过如此尴尬的时刻，用小巧的背包遮挡住身后的那一抹艳红，一只手牢牢握住车把。

陆时禹后知后觉小姑娘身后哪是什么摔伤，顿时耳根染上了暗红，把自己的黑色外套脱下递过去：“先系在腰间，你的车链好像掉了，我……我帮你安一下。”

舒宜抱着大大的篮球傻乎乎地站在路边，黑色的外套遮住她的臀部，只露出两条笔直修长的腿。

“谢谢。”舒宜将篮球递还给男孩，低头想解开腰间的外衣。

“你穿着吧！”男孩止住舒宜的动作，一双被车链染黑的手不自在地搓了搓，“你身体不方便。”说完怕舒宜不答应般扭头就走。

舒宜手里还捏着方才男孩帮忙修车时她提前准备好的湿巾，她往前追了两步：“你的手……”

“不打紧。”陆时禹的声音还带着少年的稚气，他不忘嘱咐道，“回去骑慢点。”

现在想想，她对陆时禹算是一见钟情吧。

大概总是先动心的人在感情中付出得多一些，第一次表白，第一次牵手，第一次接吻，都是舒宜主动。若不是她听到陆时禹跟朋友说的那句对自己“长得不安于室，只能用作消遣”的评价，可能她如今还沉浸在自己编织的爱情里不能自拔。

都说女人年轻时难免碰到渣男，可只有舒宜知道，过去的这场感情她究竟受了多重的伤。

窗外的树枝被狂风肆虐，舒宜紧紧闭着双眼，或许上天给了她重新做人的机会，让她又一次遇到了陆时禹。这次她绝对，绝对不会让自己沦陷。

隔天，一向喜欢赖床的舒宜难得起了个大早，心里打着让私自决定来接她上班的陆时禹扑空的算盘。

预估了一下时间，她完全可以在附近早餐店优哉游哉吃个饭，上班时顺便欣赏一下陆时禹气急败坏的嘴脸。

“舒小姐下来的时间比约定早了一个小时，怎么，这么迫切地想上班？”

拄着拐杖的舒宜刚艰难地从电梯里跳出来，偏头就瞧见陆时禹站在门口，修长的手指还在悠闲地转着黑色的车钥匙。

舒宜傻眼，这是什么操作？

“你怎么来这么早？”

“大概是知道某个人不会乖乖在家等着。”

陆时禹身上穿着禁欲黑的衬衫，下面配了条深灰色的裤子，看上去显得有些疏离冷峻。

“你们当院长的是不是挺闲的，送女员工上班也就算了，还提前一个小时来？”舒宜无语，实在不懂陆时禹这么做到底图什么。

“分人。”陆时禹上下扫了眼舒宜的衣着，规规矩矩的白色长裙，虽然短了点，但不露前胸和后背，勉强能入眼。

说完，陆时禹嫌舒宜走路费劲，挽了挽衣袖弓腰直接打横抱起舒宜，在女孩惊愕的眼神中将其直接抱上副驾。

不可否认，舒宜的心在她腾空的一瞬间跳得飞快。摸着自己过分活跃的心脏，舒宜心中暗道不好，自己仿佛低估了陆时禹的战斗力，这人居然直接和她进行肢体接触。

肢体接触？

舒宜侧头望着窗外男人的倒影，突然想到什么嗤笑一声，道：“不知道陆院长有没有女朋友，你这么做就不怕对方吃醋？还是你特别擅长这个，在有女朋友的时候跟别人搞暧昧？”

闻言，陆时禹发动汽车的手一顿，嘴唇抿成一道直线。似乎想说什么，但良久还是把话吞咽回去，重新发动汽车。

“关爱残疾，人人有责。不要多心，我只是为社会献爱心罢了。”

舒宜：“呵。”

“悦己整形医院”走的是小而美路线，创建之初就以个性化服务为主打，无论是技术水平还是机械设备，都属一流。院内人手不多，不过因为整形的价格过高，客流量不大，倒也能满足需求。

舒宜来之前草草做了些功课，但内心总归是有些胆怯的。毕竟那天在店内和 Linda 发生了争执，虽然错不在她，但人言可畏。

坐在副驾上，舒宜七想八想，最后憋不住问旁边那个男人：“喂，我在你医院不会受排挤吧？”

陆时禹脸上露出无语的表情，扫了眼旁边的姑娘：“你别排挤我的员工，就谢天谢地了。”

“那你是不知道女生疯狂起来多恐怖，我什么都不做还被说三道四呢，要是去你们医院上班岂不是得被骂到死。”舒宜冷哼，

“上学的时候我被锁厕所、撕书本的事儿还少？”

舒宜长得好看，高中的时候也算是备受关注。学校里喜欢她的男生多，免不了遭到某些女孩的妒忌，流言蜚语甚多，发生在她身上的小把戏还真不少。她这副火暴的性子，也是被这些激出来的。

陆时禹也想到那段过往，算是安慰地说道：“放心吧，她们没那么闲。”

舒宜显然不信，撇了撇嘴把座椅往后调，闭上眼睛说：“我睡会儿。”

这是真把他当司机了？

陆时禹眼底闪过无奈，但还是慢慢减缓了车速，让她睡得安稳些。

事实证明，舒宜果然想多了，陆时禹应该是提前和院内的员工打过招呼，舒宜一进门就看见昨天有过一面之缘的阮桃喜气洋洋地迎过来：“幸福来得太突然了，上次见面就觉得你特别好看，没想到我们居然变成了同事。我最喜欢长得漂亮的小姐姐，以后请多多关照！”

阮桃看起来肉乎乎的，说话的时候嘴边有两个小梨窝，两只眼睛圆滚滚的像两颗黑玻璃球，笑得就像一只小水蜜桃，十分讨喜。

舒宜孤僻惯了，受不得有人突然对自己这么热情，找地方坐定朝四周张望了一圈，发现院内空荡荡的，不禁有些奇怪：“上次我来咨询的时候大厅不是挺多咨询师，现在怎么就你自己？”

至少当时跟 Linda 一起嚼舌根的那位，舒宜还记得清清楚楚。

“咨询师都被辞退了呀。”

“？”

“你不知道吗？”阮桃惊讶，凑过去小声解释，“就是前天嘛，你走之后陆院长发了好大的脾气，晚上回来一股脑辞退了三个人。”

除了和 Linda 一起议论的前台，连带着当时帮忙搭腔抱不平的也一起辞退了。

阮桃眼底冒着小星星：“这还是我第一次看见陆院长发这么大的火，冲冠一怒为红颜，我觉得陆院长这次真的男友力 MAX。”

“跟我没关系。”

舒宜不动声色，心里受到的震撼却不小。怪不得在车上听到自己的问题时，陆时禹回答得云淡风轻，人都走光了，她被谁排挤？

她心虚地摸了摸鼻子，感觉自己如今越来越搞不懂陆时禹了。

店内的咨询师都有统一的制服，舒宜入乡随俗，接过阮桃递来的衣服准备更换。

结果阮桃在休息室外等了好久都没见舒宜出来，想着可能舒宜腿脚不方便，在门外轻声询问：“舒宜姐，你换好了吗？需要帮助吗？”

舒宜的声音听起来有几分暴躁：“衣服有其他码数吗，太小了。”

“不会吧，制服是均码的，连我都能穿得下，你这么瘦没理由不合适呀。”阮桃敲了敲门，“不然你开门，我帮你看一下？”

阮桃挤进门，瞧见舒宜站在门后捂着胸口，没忍住惊呼：“舒宜姐，你的身材也太好了吧！”

简单的白色衬衫紧紧包裹着女孩的前胸，衣摆束在裙子里，整个腰身是不盈一握的纤细。黑色半身裙恰到好处地将臀部勾勒成桃型，再看两条长腿笔直白皙，整个身子比例被这一套工装衬得恰到好处。

同为女生的阮桃都不自觉看直了眼，随即夸张地捂住鼻子：“我到今天才知道原来这件衣服穿上应该是这样的效果！不行了不行了，我要流鼻血了。”

舒宜发育得比一般女孩早，其余的女孩一马平川时，她胸前就有两个鼓鼓的小包。那时候只觉得是件羞耻事，走路总是含胸驼背的，不自信。后来被家长念多了驼背，她又想出了缠布条的法子，结果也没能阻止逆天的发育。

如今舒宜最不满意的仍旧是胸围，不然也不会萌生缩胸的念头。

阮桃满脸羡慕，舒宜却满是嫌弃，两人都没注意此时有一抹高大的身影出现在敞开的门外。

丹唇嫣红，双眸含水，肌肤如脂，连枯燥的工装都被穿出了韵味。

陆时禹一时间失了神，耳根也添上了抹可疑的暗红，被灼烫般移开视线，他恐被发现似的慌忙走开。

回到办公室，陆时禹脑海里还浮现着舒宜的身影，忍不住嗤笑自己都一把年纪了，还像个愣头小子一样。自己这副样子，倒是让他想起第一次见到舒宜的那天。

他还记得那天天热得让人烦躁，才打完篮球的他经过路口，险些被一辆横冲过来的自行车撞到。只是他还没来得及发火，车上的小丫头就掌握不住平衡摔了下来。她抬头的那一秒，陆时禹以为自己看见了会说话的洋娃娃，整个人就是现在这副蠢蠢的模样。

当时春晚上的那首《因为爱情》红遍了大街小巷，原本陆时禹对上面的歌词嗤之以鼻，可是那天的一个回眸，却让他改变了想法。

只可惜后来，他把他的姑娘弄丢了。

“妈呀，你们院新来了个妹子？这丫头长得对我口味！”陆时禹胡思乱想之际，一道过于尖锐的声音穿越楼梯直接传到了陆时禹的办公室。

陆时禹太阳穴飞速跳动了两下，出门就瞧见咨询台处，一位打扮时髦的大姐操着一口流利的东北方言，指着舒宜的胸高声询问着：“小姑娘，你这个胸是不是也在这儿做的？”

此时舒宜被阮桃好劝歹劝地换好了衣服，刚回大厅就被进门的一位妇人拦住。舒宜眼皮都没抬，一瘸一拐地刚准备坐下，屁股就遭到了重击。

“屁股也很有弹性，是打的针还是天生就这么翘？”

这算是骚扰吧？

在整形医院工作，还需要提供这种服务？

舒宜立刻奓毛，将拐杖亘在两人中间，横眉："你再碰我一下试试？"

阮桃跳出来打圆场："这位客人，如果您想咨询脂肪移植，我们院里有一些模型和样图，我可以为您详细地介绍。"

"我就摸摸是不是真的，喊什么喊。小小年纪怎么娇里娇气的，摸都摸不得。"贵妇大多都是有些小脾气的，大姐似乎觉得被拒绝有点没面子，冲着舒宜发脾气，"你知道我要做的项目多少钱吗？我告诉你，得罪我对你一点好处都没有。"

哟，跑这儿炫富来了？

舒宜刚想开口，阮桃死命拉着舒宜，在一旁弯腰赔礼道歉："您误会了……"

"没有误会。"陆时禹从楼上走下来，"不光她娇气，我们整个医院都很娇气。阮桃，还不送客？"

对上舒宜诧异的视线，陆时禹冷傲地抬了抬下巴："你跟我上来。"

黑色的制服紧紧勾勒出女人的身姿，头发长至腰间，一张脸仿佛从画中走出来般精致。只是一只胳膊拄着拐，一条腿厚如熊掌，此时踩在椅子上，姿势豪迈。

"我和你说，休想让我道歉！"舒宜怒气未消，"现在的人都什么毛病，这么爱动手动脚。男的就算了，怎么女的也这么随意？”

陆时禹捕捉到重点，眉头紧皱：“经常有人占你便宜？”

“姑奶奶的便宜也是让人随便占的？”说完舒宜停顿了片刻，看着陆时禹似乎也没有要秋后算账的意思，问，“你到底把我叫过来做什么？”

陆时禹以手握拳，虚咳一声：“把东西收拾收拾，可以轮岗了。”

“轮岗？”这人到底抽什么疯，“如果我没记错的话，这是我第一天上班。”

哪家公司第一天上班就轮岗？

“让你继续当咨询师，还想再气走我几个顾客？”

舒宜翻了个白眼，好像刚才利落地让“送客”的人是他吧！

陆时禹敲了敲桌子：“下午开始你就是我的私人助理。”

舒宜整个人都不好了：“当你的私……私人助理？”

陆时禹轻笑：“怎么，能跟我亲近，开心到说不出话来了？”

“少往自己脸上贴金。”舒宜眯起眼睛，眼神锐利得仿佛要将人看穿，“陆时禹你到底什么意思？”

因为愤怒，舒宜胸一鼓一鼓地喘着粗气，陆时禹一眨不眨地盯着面前的人，眼底蕴着万语千言：“我什么意思，你当真不知道？”

气氛变得有些凝固，舒宜想抓住什么却又感觉有些空荡荡，一个想法突如其来，莫非陆时禹是记恨当年她提了分手，觉得自己被甩了没面子，所以也想要报复回来？

联想这几天来一连串的遭遇，舒宜越想越觉得有可能，当年明明是他对她的感情不屑一顾、肆意玩弄，还将她作为消遣的玩物，如今居然还有脸找她算账。

刚还说什么私人助理，不就是想要使唤她端茶倒水伺候人，这下终于解释得通为什么陆时禹千方百计让她来，原来是在这儿等着她。

舒宜打算见招拆招，刚开口，门就被人大力推开："老陆，三号病患的眼睑手术要是再打折，我可罢工……"

话说到一半，齐放陡然停住，瞧着舒宜眼睛一亮："这位是？"

对话被打断，陆时禹语气冷淡："舒宜，新来的咨询师。"

宽敞的办公室内，形成了三足鼎立的局面，陆时禹跟舒宜各坐一端，齐放还傻乎乎地站在门口，怀疑的目光在两个人身上逡巡。

齐放长着一张娃娃脸，一双眼睛滚圆，配上小卷毛，像极了当年被老师罚站在门口的小同学。

"不对啊，医院来了新员工，我怎么不知道！"齐放瞪着陆时禹，"好歹我也是名义上的副院长，老陆你私自解雇一批员工就算了，姑且可以算是缩减开支，怎么加人都不和我打个招呼？"

齐放的表情过于受伤，连舒宜都忍不住有些可怜这位副院长，被陆时禹这个控制狂压榨得丁点实权都没有。

刚想着安慰几句，结果就听齐放怒吼："要是知道今天来个美女，我就不穿这一身衣服了！明明有一身西装我穿着超帅，老陆你这个人就是心思深沉，怕被我比下去是不是？"

舒宜："？"

戏精齐放朝着舒宜理了理衣角，伸出右手：“舒宜是吧，幸会幸会。郑重自我介绍一下，鄙人是这家整形医院的副院长，姓齐，名放。”

舒宜收敛了表情，出于礼貌想伸手和对方握手，陆时禹横插进来，往舒宜手里塞进来个杯子：“先喝口水。”

齐放：“？”

这个人简直过于阴险。

陆时禹别扭地虚咳一声，岔开话题：“你过来找我做什么？”

齐放现在注意力全部都放在舒宜身上，根本没搭理陆时禹：“舒美女，不知今晚是否有时间，我院为你举办个欢迎会啊？”

破天荒，齐放这个视钱如命的家伙居然主动提出办欢迎会？

陆时禹心思转了八个弯，就听见齐放指了指陆时禹：“院长出钱，我请客。”

陆时禹直接替舒宜回答：“她今晚没空。”

原本想拒绝的舒宜听到这话，故意唱反调一样点头：“谁说的，我晚上有时间！”

陆时禹看向舒宜，眼神冷冽：“你的脚还没好，不适宜四处走动。”

舒宜没好气地道：“不劳您费心，我总能找到人把我安全送回家。”

齐放听着这两人你一言我一语，总有种自己是电灯泡的错觉。

一向话多的齐放这次张了几次嘴，居然都没能插进话，不由得腹诽陆时禹这个心口不一的家伙，平日装得冷清寡欲，结果一看见尤物立刻原形毕露，瞧瞧这嘴皮子，利落得穿个褂子都能说相声了。

齐放视线瞥见舒宜的脚，惊叹："我的天舒宜，究竟是哪个庸医给你打的石膏，怎么把好端端的一条腿，裹成被打肿的木乃伊，这个技术也太菜了！"

某庸医："……"

某木乃伊："……"

别看这位齐放长了张娃娃脸，舒宜发现这人的履历简直可以用"金光闪闪"四个字形容。毕业于斯坦福大学医学院，曾在麻省总医院担任外科医生，后转型研究外科整形方向，归国与陆时禹合作办院。

舒宜转了转脑子，谁说整容就一定得求着陆时禹的，跟齐放搞好关系不香吗？

这样想着，舒宜坐不住了，拿起拐准备上楼先咨询一下，自己的脸是否还有救。结果才走到齐放的办公室门口，好巧不巧碰见了陆时禹。

"做什么？"

"管得着吗？"

舒宜翻了个白眼，伸手打算敲门，陆时禹开口："不是让你收拾东西来我这边办公？我不记得我给你布置过什么和副院长交流的工作。"

"单纯过来跟同事交流感情不可以吗？"舒宜感觉这人就是

无端找她别扭，“还是你觉得像我这种人，不配跟高知群体对话。”

陆时禹脸上的肌肉紧了紧，齐放办公室的门从里面打开：“就听着好像有人说话，原来是舒美人。”

齐放打了个哈欠，招呼着：“快进来坐啊。”

舒宜不动，齐放这才注意到还有一个人杵在门口：“老陆也在？”

陆时禹瞪了齐放一眼，抬脚离开。

齐放：“？”

齐放听到舒宜想要整容的消息后，惊得险些从椅子上蹦起来，紧接着头摇得像个拨浪鼓：“暴殄天物啊！舒宜你知不知道别人为了能拥有你这样的脸，砸了多少钱！如今你非但不珍惜老天的厚爱，居然还要毁掉？”

齐放就像个忧心的老父亲：“这到底是为什么呀！”

为什么？

舒宜的记忆飘远——

“大的不学好，小的也是个狐媚子！我看哪，他们老舒家就没个正经姑娘。”

“眉眼上挑，胸大无脑。长得再好看有什么用，一看就是个不安分的。”

“这姑娘追得紧，就当是消遣吧。毕竟从长相来看也算是极品，陆时禹答应也不亏。”

舒宜深吸一口气，装作云淡风轻的样子：“没什么，我只是受够这张脸了。”

“不是不能做，只是在这个基础上变化风格有点难度，不单是技术的问题，还存在设计的问题。”齐放眉毛皱得能打结，“我打个比方，往常我们做手术都是依照个人原本的风格进行优化调整，你的脸就是欧美性感风，非要弄成日本萌妹风，相当于换头。”

“我的宗旨是绝不推送上门的单，但你这个我没把握做。你有没有问过老陆，他目前是国内这方面的顶级专家，对设计比较在行，或许有办法。”

动了这么多心思，还是没办法逃过陆时禹。

舒宜手握紧，良久才说了句“谢谢”。

Chapter 03...

如果曾爱过

舒宜来工作一周，每天都在想着怎么才能给陆时禹找点不自在，可思来想去也没找到自己能施展的空间。

在客人的手术上做手脚，她自然是没这个胆子。跟同事闹矛盾，偏偏人又都被他辞退了，只留下了阮桃这个小甜心。想在进行咨询工作的时候捣捣乱，她又一点专业知识都不懂，根本插不进话。

舒宜坐在前台满是愤懑，怒己不争。

“丁零！”

听到推门的声音，一旁的阮桃飞速站起来，扬着笑脸迎上去：“欢迎光临。”

舒宜抬头，瞧见店门口站着一位脚下踩的、身上穿的、手上提的、脖子上戴的，全是限定版的妇人，心里寻思这几天自己在这儿真是开眼了，不然还真不知道贫富差距这么明显。

阮桃从事咨询行业多年，一眼就瞧出对方消费实力不俗，异常热络：“女士，不知道有什么可为您服务的？”

贵妇摘掉昂贵的眼镜，露出一双不怎么漂亮的眼睛，逡巡了一圈之后直接扬起纤纤玉指，指着舒宜：“你，过来给我介绍介绍。”

当自己是皇帝选妃，说介绍就介绍啊。

舒宜心里冷哼，正想拒绝，余光就瞥见陆时禹从办公室出来。

福至心灵，舒宜突然想到了一个给陆时禹找不痛快的绝佳点子，露出八颗牙齿：“好啊，没问题。”

虽说是客人钦点的舒宜，但阮桃作为前辈，仍旧需要肩负起介绍项目的重任。往常为了方便舒宜学习语言话术都会陪同接待，但今天的咨询室内多了另一尊大神，陆时禹。

冷漠的院长大人在身后虎视眈眈，院长的绯闻女友在身侧哈欠连篇，看起来很凶的客人在对面横眉立目。阮桃觉得此刻自己的处境，像极了模拟面试的样子，只要稍有差池立刻被淘汰出局。

挠了挠苹果脸，阮桃清着嗓子说道：“姐姐，其实你的脸形是标准的鹅蛋脸，整体上看很柔和，唯一美中不足的就是额头窄。在面相中，额头是天庭主要部位所在，事关子女和福运。先且不说美丑，额头饱满主要有利于运势，出于这方面原因，我还是建议你看一下咱们家填充项目。”

“噗！”舒宜没忍住笑出来，“小桃子，你什么时候会看面相的？”然后嬉皮笑脸地朝着顾客说，“您不是想听我介绍吗，那就别听这些员工瞎忽悠，什么福薄都是骗你花钱的鬼话，封建迷信要不得。相信我，等你做完了额头他们会劝你做开眼角，眼角做完了又开始让你垫鼻子，垫完鼻子又开始劝你做提拉，没完没了。”

阮桃被这句调侃说得耳根通红，没想自家队友会当众拆台，偷偷拽了拽对方的袖子：“舒宜姐！”

被舒宜拽过来旁听的陆时禹闻言也没恼，单手托腮饶有兴致地盯着舒宜，未发表任何评价。

倒是贵妇扬了扬眉：“不知舒小姐有何意见？”

舒宜仿佛没了骨头似的坐在椅子上，抖着被包扎得硕大的馒头腿：“依我看根本就不用整，长得难看有什么不好？谈恋爱不用担心是被人看上脸了，上班不用担心被上司骚扰，连走在马路上都安全。大姐，听我一句劝，别弄这些没用的了，赶紧回家吧。”

这到底是夸人啊，还是骂人啊。

阮桃偷瞄了眼面无表情的院长，又看了眼脸色逐渐铁青的客人，吓得吞了口口水：“那个，舒姐姐的意思是……”

“不用解释了，我已经看出你们医院的素质了。”

贵妇从座位上起身，手刚伸出来，舒宜反应极快地一把拉过身侧的陆时禹挡在自己前面：“护驾！”

“腿脚不利索，反应倒是快。”陆时禹被舒宜这一套过于顺畅的动作搞得哭笑不得，语气里带着无奈以及不易察觉的宠溺，“有能耐惹事，没能耐息事？”

贵妇嘴角抽了抽，停在空气中的手这才落下，一张黑卡应声掉在桌子上：“难道还以为我会动手不成？刚那姑娘说的，全都给我安排上。”

现场沉默了两秒，舒宜才默默从陆时禹身后探出一只眼，怀疑地问：“您刚刚……说什么？”

“填充额头，还有什么开眼角、垫鼻子、提拉，都给我安排上。”贵妇语气带着不耐烦，“我最见不得有人仗着自己有几分姿色就肆意，说我普通？我有钱，我能用钱让自己变得不普通！”

舒宜吸了口气，不知道竟还有这样的操作。

阮桃热情洋溢地将这位出手阔绰的贵妇送出去，临出去前还偷偷对着舒宜竖了竖大拇指。

舒宜被这一系列操作惊呆了，对着空荡荡的咨询室眨了眨眼，朝着陆时禹问道：“这……这什么套路？有钱人都这么禁不住实话的考验吗？陆时禹，对方该不会是你花钱买的托儿吧？”

“我花一百多万请个托儿过来，就为了让你谈成这笔单子？”陆时禹双臂环胸，“不过我倒是想问问你是什么套路，特意把我叫过来，就是想让我看这些？”

舒宜心中一喜，陆时禹终于生气了？

太好了，她就是想看到对方讨厌她却又辞不掉她的样子。

不承想却听陆时禹继续说："你是不是想向我证明你的实力，然后得到我的鼓励与夸奖？"

舒宜："？"

陆时禹点了点头，拍拍舒宜的头："我都知道了，以后再接再厉，希望你能谈成更多的百万单。"

舒宜："……"

夏天顺着门缝挤进来，玻璃窗外的街道被炽热的阳光烘烤得氤氲，整个城市都像装进了烤箱，热得让人难以忍受。

炎热的天气对伤口恢复有影响，如今也算是整形淡季，可医院内一茬茬的客人接踵而来，丝毫没有冷清的感觉。

对于那日的失败，舒宜总存了点不死心，跟着阮桃做咨询的时候语气也越发尖锐："小姐，美都是要付出代价的，面部微雕会引发面瘫，你真的不再考虑考虑？"

结果对方盯着她那张美丽到妖艳的脸，说："不考虑，就按照你这样的脸形雕塑，什么面瘫，不过就是你们这些漂亮的人想阻止我们变美的借口。"

舒宜："？"

阮桃甩着一摞厚厚的订单，眼睛都笑没了："舒宜姐，你真厉害。开始我还以为你是故意惹院长不高兴，没想到是我错怪你了，你用实力给了我重重一记耳光，你简直就是销售奇才！"

生怕自己夸奖得不到位，阮桃继续放着"彩虹屁"："而且你知道吗，大家都私下里和我夸你漂亮，已经有好几个客人要照着你的脸整容了。开始我还担心你没有经验，我自己介绍会很吃力，结果你往那边一坐，胜过千言万语！”

阮桃没注意到舒宜的脸越来越黑，兀自兴奋：“这两天的成单量已经超过旺季的平均水平了，不行，我现在就去找陆院长和齐院长，请他们重点培养一下你！”

“慢着！”舒宜咬碎了牙，打着石膏的右脚又热又痒，一如她此时烦躁的心，“你坐着，我自己去！”

舒宜脸色黢黑，一瘸一拐地往楼上走。

“陆时禹，我要求换岗。”舒宜面色不善地推开门，发现办公室内除了陆时禹还有一个女人，长发成髻，双眸闪亮，笑靥如花。

舒宜心跳漏了一拍，只觉得对方眼熟。

陆时禹此时的姿态轻松，丝毫没有面对顾客时的严肃，从气氛来看舒宜猜测两人应是熟识的。

舒宜突然闯入，两道视线齐齐落在她的身上。

陆时禹身体往椅背靠了靠，问道：“怎么了？”

舒宜还未回答，却见办公室内的女人笑了起来，打趣道：“我就说时禹怎么最近跟我断了联系，原来是在自己身边安插了位佳人。”然后侧眸剜了眼陆时禹，“这位是你们院新来的员工？长得比我还美，看来你是真不怕我吃醋啊。”

猛然间，舒宜想到女人身上的熟悉感究竟从何而来，端坐在陆时禹对面的不是别人，正是如今娱乐圈有着“国民初恋”称号的当红明星幸露。

笑眼如星，清纯甜美，说话时还带着些天生的奶音，连舒宜这个女人听着都觉得无比悦耳。

和陆时禹分手后，舒宜曾不止一次地想，或许陆时禹说的那句她长得不安于室只是无心之言，他曾也是心悦于她的。可是今日看到幸露，长相可以说和她完全相反的女人，她才知道自己这么多年自欺欺人有多可笑。

如果陆时禹天生就喜欢这个类型的女孩，那他当年和自己当真只是玩玩而已。

握住门把的手用力捏紧，舒宜觉得自己像是误闯的小丑，既荒唐又难堪：“对不起，打扰了。”

未等陆时禹回应，她慌忙关上门，整个人后退两步，却忘记了脚上的伤，跌坐在地上。

隔壁办公室的齐放听到声音，探出了颗脑袋，瞧见坐在地上的舒宜：“怎么了，为何突然对着老陆的办公室行如此大礼？”

舒宜看向齐放的眼神中带着茫然，直到被搀扶起来眼神才恢复了清明，所有的委屈都发泄在了陆时禹亲手打的石膏上：“齐院长，麻烦你帮我把这个碍事的东西赶紧拆掉！”

陆时禹出来的时候门外已经没有了人，耳朵动了动，突然听到女人娇俏的声音从隔壁的房间传来。

“这个东西就是陆时禹为了报复我故意给我打上的，其实那天我只是轻轻扭了一下，根本不严重的。你想想现在37℃的气温，我里面都要臭了，再这样下去痱子都不知道要长几茬。齐院，如果你还有一丝一毫的正义之心，不要犹豫立刻帮我拆掉吧！”

陆时禹脚步一顿，顺着门缝往里头瞧，就看见一抹纤细的背影坐在椅子上，对面是齐放那个小卷毛。

一股烦闷涌上来，什么时候这两人这么熟了。

“虽说不严重，但伤筋动骨一百天，你这么快拆掉石膏没效果啊。”齐放蹲在地上戳了戳那天被他疯狂嘲笑的大馒头，嘟囔，“不过这个确实够难看的，那天我就想拆，瞧着老陆的脸色没敢提。这家伙小气又记仇，万一他不爽，到时候找理由克扣我工资怎么办？”

这个副院长当得也太卑微了吧！

在听到陆时禹的名字时，舒宜脸色变了又变：“帮我拆掉，给你一百块！”

齐放摇头：“不是钱的问题，而是你这个石膏啊……”

舒宜加价：“五百块，不能再多了，再多我就自己动手了！”

“这么粗鲁的工作当然得是我来。”齐放麻利地起身从柜子里掏出一把剪子，“我先说好，绝对不是为了钱，单纯是这个石膏造型太难看！”

剪刀快要碰到石膏的刹那，陆时禹忍不住推门进来：“不如让我学习学习，你的石膏造型有多好看。”

陆时禹冷着脸，站在门口像一尊索命门神。

齐放心虚地把剪刀往背后藏了藏，随即又觉得自己表现得太尿，于是重新拿出来：“今天幸大明星不是来找你，你们难得见面，不急着陪她，来我办公室有什么指教？”

原来齐放也知道幸露的存在。

舒宜忍不住冷笑，想到那日陆时禹接自己上班抱她上车，她问对方是否有女朋友，当时陆时禹避开了这个问题。她还想当然地以为对方没有，原来对方只是没有承认。

也对，毕竟女友是当红明星，若是消息被她卖给媒体，可不知会惹多少麻烦。

陆时禹不知舒宜的心思，朝着脸上堆满热络笑容的齐放昂了昂头：“你不是要给她拆石膏？继续啊。”

舒宜不看陆时禹，将脚往上抬了抬，索性直接说道：“麻烦齐院长了。”

齐放脸皱成一团，小卷毛又开始飘荡起来，手里的剪刀放下不是，不放也不是。他总算是明白过来，这两个人明显是闹矛盾了啊，他们吵架，关他什么事儿啊。

最后，齐放把工具一丢：“我之后还有手术，要不，你们商量好了再来找我？”

舒宜见齐放不管，一股气从胸腔冒出。她跟陆时禹分手良久，说破了天，两人此时也只勉强算是同事，凭什么还要看他脸色行事，她直接抢过剪刀一言不发地划破纱布。

只是才剪掉一个口子，陆时禹就将舒宜连人带剪刀端了，舒宜挣扎：“陆时禹，你放我下来，你这算职场性骚扰你知不知道！”

陆时禹抿着唇，只说了句“那你去告我吧”，就抱着她直接走出了齐放的办公室。

齐放看着再次被重重关上的门，心里突然出现了一个不可思议的念头——老陆该不会是……真跟舒宜有仇吧，不然怎么非要这么折磨人家姑娘？

真不知道舒宜怎么得罪他了，啧啧，陆时禹的心眼果然很小。

陆时禹把女人扔在办公室的沙发上，舒宜气得单脚站起，偏偏金鸡独立的姿势让她的气势矮了半截。

幸露似是离开了，舒宜气得胸口剧烈起伏，脸憋得通红。

“陆时禹，你这样三番五次地做出让人误会的动作，到底想做什么？你是不是认为我真的就这么廉价，能被人随便触碰、戏弄？”

舒宜眼神狠厉，眼眶红得厉害，上齿紧紧咬住嘴唇。大多数的时候，她就像带刺的玫瑰，美艳凌人绝不低头，就连分手时都干脆地给了他一个巴掌，决绝到近乎残忍。

而现在，舒宜就像一只受伤的小兽，绝望地在他面前挥舞着被拔光指甲的肉爪。

陆时禹有些慌了：“你不是想拆掉石膏，我只是想帮你。”

“不需要！陆时禹，我们已经分手了，而且分手好几年了，我对吃回头草一点兴趣都没有，也不想跟你玩什么成人游戏，请不要再招惹我。”

陆时禹嘴唇紧抿，半蹲下身子，双眸微垂遮住所有情绪，半晌才说：“我知道了。”

时间好像在这里停滞，舒宜仿佛闹脾气的孩子，看也不看陆时禹一眼。

陆时禹停顿了片刻，伸手轻轻抬起她的右脚："现在天气热，石膏太厚你应该也不是太舒服，先前是我考虑不周。"

陆时禹边说边抽了几张医用湿巾细细擦拭："现在给你换成夹板，里面抹一点防痱子的药，比较清凉。之后我会每两天给你换一次，但是暂时还不能完全拆掉，这样可以吗？"

陆时禹声音平稳，仿佛完全没受方才的影响。舒宜表情变了又变，良久才发出近乎喟叹的声音："陆时禹，有时候我真不知道是你变了，还是我从来没了解过你。"

外头阳光正好，窗台的绿植被太阳晒得懒洋洋，叶子上悬挂的水珠散发着光亮。

舒宜双手托腮，对着面前的绿植发呆，陡然间想到自己和陆时禹表白的那天。

高三毕业的谢师宴是全年级同学混一起举行的，奔向新自由的少男少女轮番向曾经的恩师敬酒。舒宜夹在女生群里，看着自己喜欢了三年的陆时禹，突然觉得异常难过，今天一别，可能以后两人再也没有见面的机会。

连喝了两罐啤酒，舒宜在人潮散尽的时候拦住了陆时禹。

月光将男孩的身影拉长，本就如玉的面容带着冷色，双眸轻垂，带着饭后的慵懒。

"我……"一向伶牙俐齿的舒宜难得语塞，手指紧张到蜷曲。

"时禹，快点！"

几个男生走在前面转身催促陆时禹续摊，陆时禹右手插进口袋，看着喝得面色红润的姑娘：“还不回去吗？”

舒宜咬了咬牙，心一横直接抱住了陆时禹的腰：“陆时禹，毕业以后会联系我的吧！即便我们没有考到一所学校，但你不会忘记我的吧！”

芬芳混杂着淡淡的酒气猛然钻进陆时禹的鼻腔，怀中的姑娘有着和自己身体截然不同的柔软，从未和女孩靠得如此之近的男孩陡然红了耳根。

扒下女孩的手，陆时禹声音冷静自持：“醉了？我和他们打声招呼，先送你回去。”

“我没醉。”舒宜借着酒劲儿豁出去，重新死死抱住男孩，不敢看对方的双眼，“我喜欢你，你要跟我在一起吗？”

街道静谧，只有丛中蟋蟀清脆的叫声。满天的繁星在头顶闪烁，为黑夜点了盏盏青灯。

“时禹，就差你了！”

男生在不远处催促，陆时禹一慌，用力将舒宜推开。舒宜一时不察往后踉跄了几步，双眸仿佛浸了水，沾染了意外和惊慌。

陆时禹眼里闪过懊恼：“你没事吧？”

“果然是不行吧。”舒宜敛下所有的明艳和戾气，低下头自嘲地笑了笑，“陆时禹，很开心能和你认识，你过去吧。”

陆时禹站在原地半晌没有动弹，回头让等待的男生先离开，然后和舒宜说道：“我送你回家。”

然后在路上，男孩牵起了她的手。

很长一段时间，她都不愿意再回忆和陆时禹在一起的那段日子，如果时光能重来，她宁愿自己不曾跟男孩表白，将喜欢陆时禹的所有心思都独自珍藏，等到年迈拿出来晾晒时，都是欢喜的回忆。

其实陆时禹很好，除了不爱她。

今天陆时禹和幸露坐在一起，她亲眼看到了两人亲昵的样子，她才意识到，所谓的报复，也不过是对过去的不甘心，为自己再靠近陆时禹找个借口罢了。

舒宜揉了揉发酸的肩膀，突然间后悔自己一时冲动签订合同，真不知当初这般究竟折磨的是陆时禹，还是自己。

“舒宜姐，你有时间吗？”阮桃从咨询室出来，一边往外走一边抹着脸，眼睛红彤彤的。

舒宜以为阮桃被人欺负了，急忙起身：“谁把你弄哭了？”

“不是。”阮桃头摇得像个拨浪鼓，“是遇到了点情况，需要你帮助。”

咨询室里头坐着个三十岁出头的女人，脸上戴着硕大的墨镜，口罩遮住大半的脸。

整个房间都弥漫着两个字：压抑。

舒宜眉头皱紧，回头冲着阮桃用口型问道：“什么情况？”

如今房间也没别人，阮桃嘴一撇，说道：“舒姐姐，你帮帮她吧！”

来人名叫张雪芙，一年前在私人机构做了眼部综合整形手术，结果没想到几个月过去，眼部创伤一直没有愈合，而且还有明显的高低眼，想要去找当时的医生讨个说法才发现机构已经倒闭。维权无门，张雪芙前后找了多家医院，可是眼部手术不可逆，医生都爱莫能助。

她问来问去，最后听说陆时禹是整形修复领域的专家，这才过来一试。

舒宜不解："陆时禹做手术，我能帮得上什么忙？"

"可是院长肯定不给做的。"闻言，阮桃哭丧着脸。

整形本就不是什么救命的行当，陆时禹作为业内权威，在客人的挑选方面尤其在意，接单主要看心情，不要说张雪芙没有钱，就算是有钱他也不一定会接。

舒宜想也不想地拒绝："我可能没办法帮忙了，我跟陆时禹也不熟。"

见舒宜打算离开，张雪芙急了，从座位上站起来："舒小姐，您就帮帮我吧。"

说着，张雪芙把脸上的口罩和眼镜都摘掉。

舒宜回头一看，吸了口凉气。女人眼部位置残缺明显，两边双眼皮明显大小不一，但这还不是让舒宜诧异的，让她觉得触目惊心的是对方脸上的伤。

张雪芙解释："这些都是我老公打的。"

事情还要从一年前说起，当时张雪芙发现老公李青出轨，当面对质的时候却反被李青讥讽长相。

"我以为被发现了，他至少会有所收敛，没想到那天之后，情况愈演愈烈。”

张雪芙低头擦着眼泪：“就连外面的那些个女人都敢公然给我发短信挑衅，说李青在外面讲对着我的脸恶心、倒胃口。”

于是张雪芙动了整容的心思，拿出所有积蓄做了眼部综合手术，结果手术失败。李青就是从那天起再也不回家，偶然回来看见她，一言不合就拳打脚踢。

张雪芙哀求：“我是真的过够了这种日子，舒小姐你就帮帮我吧。”

舒宜最瞧不起这种女人，说话不免尖锐：“一个恢复手术就能帮你解决问题，能让你老公回心转意变得不渣了？都被打成这样了还不离婚，是嫌自己命长，还是想靠这个锻炼意志品质和忍耐力？”

“要是离婚我就彻底没活路了，我家女儿才三岁，这么多年了我都没有工作……”

“我不管！”

“舒姐姐，才不是这样的！是因为宝宝生病了，张雪芙又没有钱治疗，她想找工作可是因为眼睛的问题接连被拒绝……”阮桃算是知道这件事的始末，摇着头，“舒姐姐，我们不然就帮帮她吧。”

闻言，女人哭得更凶，跪在地上抱着舒宜的腿：“我也真的是走投无路才过来，舒小姐你就救救我们吧。”

富人的快乐大抵相同，穷人还真是各有各的不幸。

同是女人，舒宜一路走过来，也因为这张脸饱受非议，她动了恻隐之心，最终妥协：“我知道了，我试试，但不保证会成功。”

徘徊在院长办公室门口，舒宜迟迟没想到用什么理由说服陆时禹。

刚才幸露出现导致舒宜心态有点崩，又是作精地要拆石膏，又是恼怒骂人的，如今才过了几十分钟，居然就遇到了这么尴尬的情况，饶是再厚的脸皮也经不住这样三番五次的折腾。

思及此，舒宜不禁有些打退堂鼓，犹豫之际，一道男声从身后传来：“再啃指甲就没了。”

舒宜一愣，原本应该在办公室待着的人不知何时出现在外面。舒宜放下手，悻悻然道：“有个事儿想跟你商量。”

舒宜很少开口求人，脸涨得通红，连站姿都略显局促。

陆时禹好奇：“商量什么？”

两个人相对而坐，陆时禹无处安放的大长腿跷起，禁欲的黑衬衫被规规矩矩地扣到第一颗纽扣，薄唇紧抿，神情专注。舒宜有些发虚，不知道陆时禹什么时候这般气场逼人。

舒宜期期艾艾地把张雪芙的事儿讲了一遍，眼睛也不敢正视这人，等着回复。

“想让我帮她动手术？”陆时禹摘下眼镜，嘴角上勾，“修复术比较复杂，如果我主刀得三十万起，即便我应了，她付得起吗？”

一句话就把舒宜质问住，竟无言以对。

“不过，让我答应也可以。”陆时禹右手托腮，“好处是什么呢？”

这人怎么这么市侩！

舒宜爹毛：“医生救死扶伤难道不是天经地义的事，你居然还要好处！”

“自己图便宜去小地方做，出了问题就来找我。”陆时禹撇嘴，“当我这里是什么垃圾收容中心，专替人擦屁股的？”

舒宜理亏，这也正是她没底的原因。她虚咳两声：“那你想要什么好处？”

陆时禹眼睛一眯：“很简单，帮你可以，事后许诺我一个条件。”

舒宜怒道：“凭什么？又不是我要做手术，你爱帮不帮！”

她哼了一声，拐着腿往外走，刚开门就瞧见两尊大佛堵在门口，双手合十冲着她，满脸希冀。

太阳穴疯狂跳动，舒宜抿唇又默默关上了门：“不犯法，不涉及原则性问题。”

陆时禹笑了：“成交。”

月亮爬上树梢，飘浮的薄云遮住了天上的星星，城市里灯光璀璨，各种颜色的灯牌点缀着夏日夜晚。

“悦己”手术室的灯依然亮着，因为是二次手术，风险和难度都比之前要高出很多，四个小时过去了人还不见出来，舒宜在外面焦急地踱步。

直到晚上九点，手术灯终于灭掉，陆时禹率先从房间里出来，舒宜忙不迭迎上去：“怎么样？”

“不相信我？”陆时禹脸色有些苍白，但精神很好。

护士推着昏昏沉沉的张雪芙走出来，朝着舒宜笑道：“手术很完美，不过这场手术难度比想象的还要大，陆院长在里面没休息，连口水都没喝上。”

舒宜抿着唇，再看向陆时禹的眼光有些复杂，一直知道整形是个技术活，但实际上它的强度和其他外科手术是一样的，而陆时禹答应做这场手术说到底跟自己脱不开关系。

舒宜走上前想说些什么感谢的话，还没张嘴，陆时禹的手机就响了起来。陆时禹看了眼上面的名字示意舒宜稍等，接通说道：“幸露？”

这个名字如同一盆冷水浇下，舒宜把到嘴边的问候吞咽了回去，不想再听他们的对话，收拾东西准备回家。

舒宜准备出门的时候却见陆时禹已经站在门口，身上的衣袍已被换掉，慵懒地靠在门边，神情有些疲惫。

见舒宜过来，他松了松衣袖：“刚刚吃饭了吗，要不要先吃个饭再回家？”

自从舒宜右脚打上石膏，陆时禹一直担任司机角色。

“不用了。”舒宜敛下眉，“你今天做手术已经很辛苦了，我就不麻烦你了。”

“这是手术做完了，我就又被丢开了？”舒宜话音刚落，就听到陆时禹低笑一声，“舒宜，你真以为我好脾气？”

说着，陆时禹将女孩直接压到墙边，一只手揽上女人的腰，另一只手牢牢压在墙上，两个人的距离太近，大概只有一拳的距离。

舒宜没想过一向斯文的陆时禹会突然做出这样的举动，竟忘了反应，一双杏眼看着面前的男人。

四目相对，连外头的喧嚣都静了些。陆时禹音质偏冷，哑着嗓子说道：“既然知道我今天累了，就不闹了，嗯？”

舒宜的心脏一下、一下撞击着胸腔，感受着男人的视线在她唇间缠绵，然后陆时禹的下颌越靠越近……舒宜知道自己该推开对方，但就像被点了穴动弹不得，最后受到蛊惑般合上双眼。

“院长，张雪芙麻醉药效过了！”

阮桃的声音横空传来。

舒宜也不知从哪儿生出了一股强大的力量，抵在陆时禹身上的双掌奋力向前一推，陆时禹硬生生被女人推得栽了个跟头。

现场三个人六目相对，场面一度非常尴尬。

还是阮桃反应及时，立刻捂住眼转过去：“我我……我什么都没看到！陆院长再见，舒姐姐再见！”说完就像被鬼追一样“哒哒哒”重新跑上楼。

舒宜太阳穴疯狂跳动：“完了，这下跳进黄河也洗不清了。”

陆时禹黑着脸：“几年不见，你的力气倒是见长。”

徒手推倒陆时禹，舒宜付出的代价便是被这人硬讹了顿晚饭。

陆时禹开着车，也不说话，脸色臭得活像别人欠了他几百万一样。舒宜内心有些许愧疚，趁着红灯戳了戳陆时禹：“不就是被我推倒在地上被员工看见了，至于气到现在吗？不是都答应请你吃饭赔罪，怎么还小鼻子小眼睛的？”

“再说是你先……”舒宜哼哼，没继续说完后面的话，“我充其量算是正当防备。”

“是我先什么的？”陆时禹语气戏谑。

舒宜不知道陆时禹什么时候脸皮厚成这样，她记得当年和对方在一起的时候这人挺矜持，连牵手都是她主动的。

舒宜瞥了眼陆时禹，没搭理这人。陆时禹倒也没纠结：“晚上吃什么？”

“火锅小龙虾烧烤，我都可以。”

“我记得你以前不喜欢吃这些乱七八糟的东西。”

“以前是为了迎合你，现在没必要吧。”舒宜斜了眼陆时禹，“我就喜欢吃这些重口味的，今天我请客，你没得挑。”

陆时禹噤了声，这才意识到过去的自己似乎从来没有特别询问过舒宜的喜好，甚至理所应当地觉得舒宜应该是和自己口味一致的，从未想过实际上对方一直在委屈自己。

陆时禹张了张嘴正欲说什么，就瞧见姑娘整个人趴在窗户上：“原来这家奶茶店开在这里了。陆时禹，我要买杯奶茶，你停一下。”

陆时禹瞧着门口排队的人，眉头皱了皱：“奶茶高糖高热量，里面都是香精，不但对身材有影响，还容易诱发心血管疾病，导致骨质疏松……”

“你烦不烦呀，我又没让你帮我科普。再说你喝茶还会导致牙黄呢，怎么不见你戒掉？”舒宜不开心，嘟囔了句，“当你女朋友可真惨，居然连杯奶茶都不让喝。”

话音刚落，车稳稳地停下，陆时禹板着脸打开车门，一字一句地问：“你要喝什么？”

“红茶奶盖三分甜加波霸，谢谢！”

吃完火锅已经接近晚上十一点，街道空荡荡的，昏暗的路灯微闪，周遭一片安静。

陆时禹侧眸看着女孩，月光将舒宜的皮肤照得透亮，窈窕的身材投射在地上形成完美的剪影。陆时禹心头微动，仿佛上一次这样和舒宜肩并肩在夜晚散步就在昨天，可时光的箭已离开那么远。

车停在距离火锅店稍远的地方，舒宜行走得比较缓慢，往前走了一阵子才和陆时禹说道：“其实我得跟你道歉。这几天我想了很多，觉得我们的关系挺尴尬的。当年我们虽然算是和平分手，但是我有一段时间挺讨厌你的，这次答应来你这边上班也就是想恶心恶心你。”

闻言，陆时禹顿住脚步，没有因为对方的话有特别的表情，反而神情专注。

大概是夜色太好，又或许是这段时间舒宜的心也很乱，她索性将话一股脑全都吐出来：“拜托你帮张雪芙其实不单是因为她可怜，我也有自己的私心。一方面是想看看你的技术是不是真如传言那般，另一方面我是觉得她在某种程度上跟我挺像的。”

都以为只要相貌改变了，人生就会不一样。

只是舒宜没有继续说下去，她低着头踢了踢无辜的石子："总之，张雪芙这件事算我欠你个人情，我承认因为过去的关系，对你戴了有色眼镜，以前讨厌过你，但现在没有了，反而要对你说声感谢。"

舒宜的话没叫陆时禹松口气，反倒让他眉毛越拧越紧，颇为别扭地说了句："不用谢我，反正我也收了你一个允诺。"

"陆时禹，你先别走，我还没说完。"舒宜在后面唤了声，"我觉得我们现在关系挺尴尬的，尽管现在冰释前嫌，但我们曾经在一起过是不争的事实，我继续留在'悦己'对你女朋友不公平，而且我毕竟对这一行也不了解，留着没什么意义。所以我们之前签的协议可能要作废了，欠你的花瓶钱我会请人预估一个合理的价格后分期赔给你……"

陆时禹消化着舒宜的话，皱眉："女朋友，什么女朋友？"

"幸……幸露啊。"跟陆时禹的距离太近，舒宜不自在地往后退了两步，"她不是你女朋友？"

陆时禹大脑转得飞快，突然想到了什么，神色轻松下来，嘴角扬起了一丝笑意："所以你那天冲我发脾气，是因为……看见幸露了？"

她什么时候冲他发脾气了！

舒宜刚想张口反驳，陆时禹的大掌直接伸过来用力揉了揉她的碎发："你这是吃醋了？"

吃醋？在说她吗？

舒宜仿佛奓毛的猫，嗓门变大：“你能不能不要这么厚脸皮，什么我吃醋，我犯得着吗，不识好人心，活该你单身！”

“就是单身。”陆时禹解锁停在不远处的汽车，站在舒宜对面，“没有幸露，没有女朋友，只有你。”

气氛陡然暧昧，陆时禹的眼神带了火一般灼热，舒宜就像被戳破的气球瞬间没了脾气，憋了半天竟也没憋出什么，胡乱拉开车门准备坐上去，结果不灵便的右腿又被绊倒，整个人扑出去，被眼疾手快的陆时禹捞进怀里。

陆时禹道：“这是你扑过来的，不算我占便宜吧。”

舒宜挣脱站好，脸热得能烧火：“都怪这破石膏，什……什么时候才能拆！”

陆时禹知道舒宜在转移话题，也没逼太紧，嘴角的笑却一直没消失。

和陆时禹相处就没这么别扭过，一路上舒宜都感觉到车里混杂着暧昧的芬芳，只是这股气息对她而言除了尴尬，就是尴尬。

车稳稳地停在小区门口，舒宜迫不及待地跳下车，往前走了两步又返回来，结结巴巴地说了句：“我跟你说，你可别误会我啊，我对你没什么想法。”

“我知道。”陆时禹透过摇下的车窗，盯住舒宜的双眼，“但我对你有想法。”

舒宜还在揣摩陆时禹这句话的意思，男人就已经下车走过来。

见舒宜还愣在原地，陆时禹道：“走吧。”

舒宜没反应过来，傻乎乎地问了句：“去哪儿？”

陆时禹笑："今天和我出来，不打算回家了？"

舒宜："？"

这人最近到底怎么回事？

Chapter 04...

不可替代的星空

皓月当空，整个世界都被安静包裹着。电子屏上的时间跳跃到“3”的位置，舒宜仍旧躺在床上睁大了双眼，精神得像是喝了八百杯红牛。

陆时禹的话在耳边一遍又一遍地回放。

他说对她有想法，陆时禹对她能有什么想法？总不会是想吃回头草，过了这么多年发觉她才是真爱，又一次狗血地要复合吧！

舒宜连续想了好几天，都想不通陆时禹那句话的意思。

事儿没琢磨明白，黑眼圈倒是先出来了。阮桃瞧见舒宜眼底的黑眼圈，没有同情反而戏谑地问道：“舒姐姐，你这几天都干吗去啦？”

阮桃挤眉弄眼：“是不是每天都沉溺在陆院长的深情宠溺下无法自拔？”

舒宜反应慢半拍，盯着阮桃的苹果脸，半晌都没明白这句话的意思。几分钟后，她才后知后觉地道：“你这颗脑袋整天都在想什么呢，我跟陆时禹，怎么可能？是谁造的谣！”

“还骗我，那天我都看到了。”阮桃撞了撞舒宜的肩膀，“你们不是接吻了吗？”

接……接吻？

舒宜反应了半晌，才后知后觉地意识到阮桃说的是张雪芙做手术那天，自己跟陆时禹的乌龙“壁咚”。

舒宜拍案而起，但又百口莫辩，突然，一个不可思议的想法冲破阻碍浮出水面，陆时禹说对她有想法，该不会就是某种暗示吧。

当初自己跟陆时禹分手，不就是因为对方背地里说自己只能“玩玩而已”，如今这是又觉得寂寞了，开始想要享受成年人的快乐了？

舒宜再也坐不住，决定亲自找陆时禹说个明白。她这个人虽然长相妖艳了点，但骨子里可保守得很！

人刚起来，门口就传来一阵喧嚣，一个男人踹门而入：“你们这家骗子医院，让你们院长出来！”

来势汹汹，明显就是来找碴儿的。

阮桃硬着头皮迎过去："先生，您找哪位？"

"我找你们院长！"男人道。

"见我们院长需要提前预约，请问您预约了吗？"舒宜身子斜靠在大门门框上，看着飞扬跋扈的人眉毛上挑，语气带着嘲讽。

"少跟我提什么规矩！"粗话刚说到一半，男人抬头瞧见舒宜，凶恶的表情立刻变得猥琐，贪婪地扫视舒宜的身子，露骨的视线让舒宜一阵恶心，"你们医院的姑娘长得倒是水灵。小妹妹，这儿没你的事儿，把院长叫出来，咱们赔钱了事。"

说着，那人从后面拽出个女人："瞧见这眼睛没有，我们可是去医院开过诊断证明了，眼皮不对称，皮下瘀血肿胀，睑球分离，右眼视力下降。你们的手术对她和我的家庭造成了严重影响，让你们院长出来跟我谈，否则法院见。"

见到来人，阮桃吸了口凉气："张雪芙，怎……怎么是你？"

任谁也没想到今天来找碴儿的会是那日在咨询室哭着求人的张雪芙，阮桃道："搞错了吧，张雪芙失败的那场手术不是在我家做的，我们帮她做的眼部恢复术啊。"

闻言，张雪芙的丈夫李青又一次爆炸："什么不是你家做的，手术协议和诊断证明都在这儿，你们还想抵账！我不跟你们两个小丫头讲话，再挡在门口可别怪我不客气。"

阮桃像是被人捅了一刀，未经过风雨的苹果脸红成一团："到底是什么情况，张雪芙你倒是说句话啊，我们院长好心帮你做手术，现在怎么变成是我们的错……”

张雪芙低着头站在男人身后，还没恢复的双眼猩红，抿着唇一句话也不肯讲。

舒宜算是看懂了，张雪芙以前进行手术的机构已经倒闭，他们没能讨到好处，现在就是想趁机讹钱，真是亏了她当初还帮这种人说好话求情。

舒宜冷笑了声，拍了拍阮桃的头：“农夫与蛇的故事听过没，今天你有幸看见真人版了。”

李青剃着光头，身上穿着一件黑色烫金的大衬衣，肚子把衣服顶起来，脖子上还挂着条土气的金链子，流里流气的样子和地痞流氓没有区别。如今这人横在门口，嘴上骂骂咧咧满是脏话想要往医院里面冲。

舒宜卡在门口听着对方口吐芬芳，硬是压着不肯让阮桃去叫陆时禹。一来她是觉得他们行得正坐得直，根本不需要惊动陆时禹；二来这个麻烦也算是她惹的，理应由她来解决。

阮桃好话说尽了，在一边求张雪芙：“姐姐，我们这么帮你，你可不能这么做事啊。”

舒宜看了眼张雪芙，眼底闪过失望：“阮桃，他们不讲道理，直接报警吧。”

没想到李青看见她要报警急了，一巴掌拍过去把舒宜的手机摔在地上：“你敢报警试试，今天我必须要见到你们院长，让那个姓陆的孙子出来，这种水平当什么医生！”

舒宜盯着摔在地上的手机，听到对方骂陆时禹磨了磨牙：“你再说他一次。”

“我说姓陆的是个庸医。早就知道他们这些做整形的都不是什么正经医生，就会骗你们这些女人的钱。你这张脸也是在这儿整的吧，花了多少钱啊？也不知道这些整形医生会不会睡……”

李青没说完，舒宜一拳就打在了男人脸上：“你嘴巴给我放干净点！”

李青吐了口口水，骂了句脏话说道：“小丫头还挺横。”接着伸手拽舒宜的头发。

舒宜腿上的石膏还没拆，行动笨拙没能及时避开，发丝被对方薅在手里，男人一拳下去，舒宜头蒙了片刻，不示弱地也往对方脸上打。

舒宜哪里是男人的对手，眼见着又一拳砸下来，她闭着眼准备承受即将到来的打击。

只是意料之中的疼痛迟迟未来，周围渐渐安静了下来，舒宜微微睁开双眼，自己身边不知何时多了一个人。

陆时禹将女人护在自己身后，紧紧盯着李青，眼神锐利得犹如一把刀子。他没有舒宜那般暴躁，冷静得如同来自深渊的水：“方才在挥拳之前，你考虑好后果了吗？”

“你又是谁？”李青的右手臂被陆时禹捏在手里，疼得龇牙咧嘴。

陆时禹冷笑一声，低头看了眼面颊红肿的舒宜，青筋暴起抬腿便是一脚，超过两百斤的李青硬是被踹得往后退了两步。

陆时禹仿佛索命罗刹，一字一句地问：“你打的她？”

门口的人越聚越多，李青被踹了一脚疼得爬不起来，看着面无表情站在旁边的张雪芙气不打一处来，破口大骂：“都是你捅的娄子，见我挨打变木头了，拿手机把他们都拍下来，放在网上让大家都看看这家黑店，做手术失败现在还动手打人。”

舒宜右半边脸又肿又痛，朝着哭肿双眼的阮桃说道：“报警。”

李青趔趄着从地上爬起来，手指着舒宜跟陆时禹，撂下了句：“你们给我等着！”

之后骂骂咧咧地拽着张雪芙离开，没有人注意到张雪芙在离开前求助的眼神。

人潮散尽，陆时禹没吭声，舒宜自觉理亏，也没主动搭话找不痛快。被打的脸颊火辣辣地疼，舒宜从抽屉里找了个口罩戴上，勉强遮住伤。

“这是第二次了。”陆时禹冲着舒宜开口，脸上还带着未平息的怒火，“你知不知道对方是什么人就敢挥拳头，当真以为自己是铁打的什么都不怕？”

“他就是社会残渣，掀不起什么风浪。”

“社会残渣也有人能管，用不着你出头。你知不知道要是我没出现，现在你可能就躺在医院里了！”

“我说了，以前没你我过得也挺好，不用你在这儿教育我！”

陆时禹怀疑这个女人的心是石头做的，怎么都焐不热，负气说道："那以后李青再来你就自己解决。"

"原本也没指望你。"舒宜脸上的伤又疼又麻，整个人被陆时禹激得汗毛竖起。

阮桃见两个人吵架，拦在中间："陆院长你别怪舒宜姐，是我当时让舒宜姐找你求的情，我也没想到张雪芙居然会反咬我们一口，要罚你就罚我吧。"

"跟你没关系。"舒宜红着眼，"我一人做事一人当，陆时禹你要开除我就随便你，还真以为我多稀罕在这个破地方待着。"

陆时禹双拳紧握，撂下了一句："你还真是没有心。"

舒宜梗着脖子双眼通红，右脸的脸颊隐隐作痛。

大抵是舒宜下午的话伤了陆时禹，两个人在那之后冷战了，连齐放都察觉到了医院气氛的不对劲，私下把阮桃叫过去询问情况，这才知道有人来医院闹事。

冷静下来的舒宜也觉得有些理亏，酝酿着下班和陆时禹私下道歉，只是陆时禹这次似乎是真被伤了心，坚持一个月的接送服务在今天断掉了。

原本对陆时禹的接送倍感嫌弃，可当今天陆时禹抛下了自己先下班，舒宜心里反而有几分落寞。出租车一路向北，舒宜坐在车上看着路旁飞速掠过的霓虹，街上的人三五成群嬉笑打闹，四周充满着周末傍晚的轻松。

被打的脸颊酸胀疼痛，舒宜低头，右手捏着破碎的手机，陆时禹离开的背影在她眼前重现。这次陆时禹是真的对自己失望了吧，求着他做了个赔钱的手术，结果还被对方反咬一口，现在又在医院门口闹事。

也说不出现在是什么心情，本就是惦记着给陆时禹添堵的，可是为什么她目的达成了，自己反而会这么不开心。

明月上悬，舒宜拄着拐杖走到了家门口的小区，突然想到了自己与陆时禹分手的那天，似乎也是这样的夜晚，在月光下她重重地甩了陆时禹一个耳光。可即便是那样，陆时禹都没有问她原因，沉默地接受了分手的决定。

有时候舒宜觉得陆时禹当真是个很奇怪的人，温柔起来仿佛能给你全世界，可绝情起来又可以利落地将一切切断。

都说是她甩掉了陆时禹，可又有谁知道，陆时禹从开始就没想过挽留自己。

舒宜正走着，突然身后蹿出来一个人，从后面一把捂住舒宜的嘴往后拖，舒宜右脚石膏迟缓，硬是被人拽倒拖在地上。

舒宜定睛一看，这人竟是白天在医院闹事的李青。

这条路平时经过的人便少，如今天色昏暗，更是寻不到什么人。

舒宜用力挣扎："你怎么知道我住这儿，你跟踪我？"

李青没有回答舒宜，整个人陷入某种癫狂，拖着舒宜的肩膀就往草丛里拽："今天看见你的时候我就心动了，这张脸花了不少钱吧，我还没见过这么漂亮的女人。"

舒宜没想到李青的胆子居然会大到这个程度，反应极快地胡乱按了手机上的通讯录求救电话。舒宜的动作被李青察觉，他一脚踹上去，舒宜闷哼了声，也不知电话是否接通，她用力喊了句“救命”。

紧接着，手机被李青摔到几米之外，舒宜双手扒在地上拼命抵挡李青的拖拽，十指都磨出了血，嘴上仍不求饶：“李青你这个懦夫，有老婆孩子如今还要做这些下贱事！”

李青骂了句脏话，压制住舒宜。舒宜用力挣扎却依然难抵男人的力量，突然她瞧见远处似有一抹蓝色的身影，惊讶道：“张雪芙，你就看着你老公做这样龌龊的事，你还有没有尊严！我那么帮你，你现在反过来害我？”

见那人不为所动，舒宜开始绝望：“你不是说你孩子三岁吗，他已经有了这样的人渣父亲，还要再拥有你这样懦弱的母亲吗！”

“闭嘴！”李青捂住舒宜的嘴，冲着张雪芙的方向吼，“滚回去。”

舒宜仍旧不放弃，盯着张雪芙的方向拼命呜咽，可是原本还在的那一抹蓝却已经消失不见。

“她不敢来的。我供她吃喝，还供她那个得了心脏病的小杂种看病，没了我她什么都不是。”李青低头想要亲舒宜的嘴，“我也算是给你长个教训，以后别乱管别人闲事。”

李青呼吸的热气已经喷到舒宜的脸上，空气里充斥着一股口腔的臭味，对方的脸油腻肥大，距离近到每一个痘坑都清晰可见。恶心的情绪涌出，年少时看见母亲和男人厮混的画面不断闪现，舒宜精神已经濒临崩溃，双手被这人禁锢在头顶，她终于受不住偏过脸，脑海里甚至闪过自尽的念头。

反正这个世界本就不爱她，她也没什么好留恋的。

“舒宜！”陆时禹急促的声音从身后传来，紧接着李青被人拎着后脖颈掀到地上，“你真是活腻了。”

陆时禹一脚横踹，李青翻滚了一圈见没有了机会，连滚带爬想要跑，被陆时禹一把拽住，拳头如雨点般挥去。陆时禹虽然看上去斯文却拳拳凶狠，李青完全没有还手的力气。

最初还在不停求饶的李青，慢慢没了声音，一向理智的陆时禹却仍然没有收手。

“陆时禹你别打了，再打他就不行了！”舒宜跌跌撞撞跑过去从后面揽住陆时禹的腰，声音带着哭腔，阻止男人的动作。

理智回笼，陆时禹握住女孩环住自己的手，这才注意到小姑娘方才因为被拖拽，浑身是伤。他双眸冷了冷：“你想怎么处理这个人？”

舒宜答：“交给警察吧。”

陆时禹给齐放打了电话请他过来善后，打横抱起舒宜：“先去医院。”

男人身上清新的皂香冲入鼻腔，熟悉的味道带给了舒宜前所未有的安全感。她没问陆时禹为何突然出现，就这样安静地缩在对方怀里，不一会儿泪水就沾湿了陆时禹的衣衫。

陆时禹声音沙哑，轻声对着她说了句“对不起”。

天已经全黑了，两侧街道霓虹闪烁，路上的行人摘下白天的面具三三两两走在路上，雀跃着，嬉笑着，整个城市呈现出与白日不同的光景。

舒宜安静地缩在副驾里，扒地的十根手指血肉模糊，双臂和双腿都是擦伤，白色的上衣染上刺眼的猩红。

舒宜头靠着椅背，沉默地看着对她而言熟悉又陌生的地方，慢慢闭上了眼。

不知何时自己才能彻底摆脱这张脸带给自己的不幸。

“疼吗？”等待红灯的空当，陆时禹侧眸端详舒宜狼狈的样子，眼底闪过心疼。

舒宜抿唇没有回答，直到绿灯亮起，车重新启动才问道：“陆时禹，之前你提到的帮我整容，还作数吧？”

陆时禹断没想到舒宜会在这个时候再次提到整容这件事，握住方向盘的手收紧，还未说话就听对方继续说道：“我们定个日子吧，不需要漂亮，整得越平庸越好。”

陆时禹知道对方在想什么，喉咙干涩，半晌才说：“是李青的问题，和你的长相没有关系，你不要往自己身上揽责任。”

“真的没关系吗？”舒宜抿唇不让眼泪落下来，用力吸了口气才说道，“陆时禹，从小到大我受过很多关于长相的辱骂攻击，多到我已经麻木了。进入社会，周围的男性都觉得我长相性感，是女人中的极品尤物，他们和我表白说喜欢我，但又有几个是因为我是我，所以喜欢的我？不过是想在我身上占点便宜，满足自己的兽欲罢了。

“今天的事是第一次，却又不是第一次。你说不是我的问题，可为什么是我一而再、再而三地接受这样的外貌审判，接受这样的对待。”

舒宜在他面前是自信的、夺目的，是一众男性追捧的女王。上学时，陆时禹也经常会听到班上有男生开着舒宜的不轻不重的玩笑，只是他以为舒宜不在意的。

直到多年后的今天，他才知道为什么舒宜对整容有着如此深的执念。

原来她一直都不喜欢自己的外貌。

陆时禹心像被人紧紧揪住，想说什么却又不知从何说起，只说：“是他们错了。”

“那你呢？”舒宜敛着眉，平静地低头看着破裂的指甲，“你也错了吗？”

陆时禹不懂这句话的意思，转头看向她。

舒宜从过去的情绪里出来，苦笑：“陆时禹，我不想求你的，但现在只有你能帮我了。”

女人眼里沁着水珠，陆时禹突然好想抱一抱舒宜，问她这些年到底都经历了什么，当初为什么和自己分手，这么多年又为什么不曾找过他。但他终究是一句话都没问出口，无力地应了声“好”。

得到承诺，舒宜松了口气，无力地说了句“谢谢”。

舒宜没关注轿车行驶的方向，等到车在一个古香古色的四合院停下的时候，她才发现男人没有带他去医院。

“到了。”陆时禹率先下车，绕到舒宜在的那边拉开车门。

舒宜奇怪地环视了一圈四周：“这是哪里？”

“现在医院人太多，你的伤口大多是皮外伤，这里比较近，我先帮你在这边清理伤口。”陆时禹自己就是医生，简明扼要地解释了几句，便弯腰再次将她抱起。

舒宜有些不自在，在陆时禹身上动了动想下来，被男人止住。

“乖一点，你脚不方便，我把你的石膏拆掉。”

主间的门开着，入目是一个巨型红木桌子，舒宜一看就知道价值不菲。陆时禹把人带到一侧的沙发上，轻车熟路地在桌子上找出了剪刀和酒精棉。

舒宜坐在位置上好奇地四处张望。

空气里飘着淡淡的中药味，不觉得苦涩，反而能让人安静。桌子上放了几本中医的古籍，书质有些老旧，应该是有些年头了，边缘挂了一排毛笔，看得出屋子的主人是个养心静气之人。

跟陆时禹的气质很搭。

“这是你家？”陆时禹蹲下身子，熟练地将女人的脚搭在自己膝头，舒宜顾不上陆时禹还没有回答她的问题，想把腿抽回来，“我没带鞋，可能现在还不方便拆。”

“没关系，这里有拖鞋。”

禁锢许久的肌肤终于再次呼吸到了空气，闷热的天气让舒宜的右脚上有一层薄薄汗渍。

舒宜脸涨红，往后躲了躲，难为情道：“是不是有味道？”

陆时禹答：“没有。”

陆时禹拿出湿纸巾，垂眸低头细细擦拭，每一个脚趾都没错过。

湿漉漉的纸巾带着些凉意，舒宜嫌痒轻轻抖了抖，又觉得陆时禹的动作过于暧昧：“我自己来吧。”

“你坐好。”陆时禹没有一丝不耐烦，“这段时间不要穿高跟鞋，以后走路小心些。”

舒宜张嘴刚想回答，一道声音从门外传来：“瞧瞧两个小孩子关系好得，这还是我第一次看见时禹这么有人情味。”

舒宜吓得一个哆嗦，腿下意识往前一伸，正巧踹到了陆时禹两腿中间的位置。

当舒宜意识到的时候，气氛瞬间凝固了，连万年不变的陆时禹耳根都染上了暗红。

“咳咳——”门口的老先生虚咳两声，“需要我回避一下吗？”

“您就别跟着添乱了。”

陆时禹无语，捉住舒宜小巧的脚，从旁边的鞋架拿了双拖鞋放在地上，倾身的时候低声对着舒宜说道：“有人在，别淘气。”

什么别淘气，没人在，她也不想跟他淘这个气好不好！

舒宜险些气得骂人，硬是靠着自己良好的修养忍了下来。

老先生穿着一身藏青色的麻质长袍，头发花白，鼻梁上架着一副老花镜，颇有仙人之气。他走进门来便坐在实木书桌前，端起面前的茶杯抿了口茶，笑嘻嘻地看着这两个人。

陆时禹仿若无人般又拿镊子夹起酒精棉球，拉开舒宜遮挡的手："清理伤口的时候会有些疼，稍微忍一忍。"

老先生的视线让舒宜有几分不自在，没好意思开口询问对方的身份，她正襟危坐，低着头不敢跟对方对视。没听到陆时禹的叮嘱，酒精触到伤口的一刹那，舒宜疼得吸了口凉气，下意识想将手抽回来。

陆时禹立刻停下动作，轻轻吹了吹伤口。清凉的风吹来，舒宜还没反应过来，一边摇着扇子的老先生倒是"哟"地怪叫了声，这副八卦的样子跟严肃的外貌完全不搭。

舒宜脸颊通红，陆时禹终于忍不住回头："您要是没什么事，就去帮忙煮碗茶，别老坐在边上看热闹。"

"小子，自己追媳妇，倒使唤起我来了。"老先生哼哼唧唧，但还是顺从地起身，走到舒宜面前伸出一只手，"丫头，手伸过来，我给你号个脉。"

舒宜不明所以，看了眼陆时禹，见对方没什么表情，略带犹豫地将手腕送出去。老先生看见舒宜磨破的手指，眉毛拧成一团："这到底是受了多少伤。小陆你就是这么护着丫头的？这让人家家人知道了，得多心疼。"

舒宜摇头："您好像误会了，我跟陆时禹不是……"

"情侣关系"四个字还未说完，便被陆时禹截断："身体有什么大碍吗？"

"没有，就是受了点惊吓。我现在熬一服中药帮丫头压压惊。"

老先生说完使劲儿拍了拍陆时禹的肩膀，“丫头，你好好考虑考虑，就这小子这样，连个人都护不住，要他干吗？”

待人走后，舒宜有些尴尬：“他好像误会了。”

陆时禹答：“没关系。”

陆时禹低头继续为舒宜清理伤口，云淡风轻的样子让舒宜误会这位老先生只是不重要的路人甲。

犹豫了一瞬，舒宜还是忍不住好奇：“这位先生是谁啊？”

陆时禹：“我外公。”

外公？

舒宜大脑空了，然后飞速跳起：“你说，他是你外公？”

舒宜觉得自己和陆时禹之间，肯定有一个人疯了，不然事情怎么会变成现在这样呢？

四四方方的餐桌前坐着三个人，舒宜十根手指头缠着创可贴，脊背挺得就像后面放了块木板。一个女人从厨房里端出了盘菜，舒宜忙不迭站起来打算帮忙，被陆时禹拦住：“病号坐着，我去端。”

女人笑弯了眼，忙摆手：“都弄好了，你们别动。小陆你陪舒宜聊聊天，孩子今天吓坏了。”

对方的热情让舒宜万分不自在，她仍旧傻乎乎地站着。坐在对面的外公开口：“都交给时禹妈吧，你现在双手不方便，不要再烫着了。”

没错，在厨房里忙前忙后的人不是别人，正是陆时禹如假包换的亲妈许燕。

舒宜脸都要笑僵了，满肚子疑问当着长辈的面没法直接问，只能趁大家不注意间瞪了眼陆时禹，默默忍耐着。

许燕跟陆时禹是完全不同的性格，身材丰腴，眉眼温柔，嘴角天然上翘，看上去便让人觉得温暖亲近。席间，许燕表现得也非常热络，不停地往舒宜碗里夹着菜：“对方到底是什么人，面对这么漂亮的小姑娘，竟然也下得去手。时禹，这件事交给你了，可不能连个说法都没有就这么算了，咱们陆家的儿媳妇可不能被人这么欺负。”

舒宜嘴巴里塞满了许燕投喂的食物，此时腮帮子鼓鼓的，像极了小松鼠。听到许燕的话，舒宜被噎到般猛咳，陆家儿媳？这个儿媳该不会指的是她吧？

“咳咳——”舒宜咳到流泪，还在一边挥舞着手，着急解释。

“吃慢点，没人跟你抢。”陆时禹递了杯水，帮舒宜拍了拍后背顺着气，眼底染上了笑意，不忘回答许燕的话，“知道了妈，这件事我会给舒宜个交代。”

舒宜：“？”

这就默认了？她同意了吗？

舒宜几次都想澄清关系，都被陆时禹不着痕迹地打断了，舒宜气得在桌子底下重重踩了陆时禹一脚，结果这人不但没恼，反而笑得更欢了，左手在下面捉住她的手腕，小声说了句：“脚刚好，别再扭到了。”

陆时禹是不是回来的时候撞到了不好的东西，被鬼上身了！

许燕见到了这对小情侣的互动，眼角的笑纹更深了，责怪地横了陆时禹一眼："你这孩子也是，有女朋友怎么不早跟我说，要不是我来你外公这边送东西，还不知道打算瞒我到什么时候。"

话说到这个份上，舒宜再解释就显得不讨喜，索性闭嘴当哑巴。

"时禹这孩子性子随了他爸，闷得不行，凡事也不会主动。都一把年纪了一次恋爱都没谈过，我还真以为他这辈子娶不到媳妇了，之前还托人介绍帮他相亲，还好他没去，去了我不就成了恶婆婆了！"

从来没谈过恋爱啊。

舒宜低头笑了笑，也对，在陆时禹心里，之前他们两个人谈的根本算不得恋爱吧。

从外公家出来的时候，街道恢复了往日的静谧安静。

舒宜还穿着外公家的拖鞋，右脚久违地着地，走路畅快了不少。

她发问："陆时禹，带我过来这一趟，到底什么意思？"

陆时禹双手揣兜，答非所问道："还有哪里不舒服吗？"

舒宜双手叉腰，站在陆时禹对面挡住男人："你少转移话题！"

"看来现在精神好多了。"陆时禹想伸手摸摸舒宜的头，又觉得不妥，于是收回手，在舒宜的眼神攻势下终于叹了口气，半弯下腰和女孩对视，“我很抱歉今天和你发了脾气，赶回医院想和你道歉，可是你已经回家了。”

已经有过一次错过，陆时禹这次不想再重复遗憾，直接驱车转到舒宜的小区，可真到了楼下又犹豫了，直到舒宜无意中拨通他的电话。

“我不敢想象，如果我今天没有去你家楼下，会发生什么。”

傍晚的经历再次浮现，不舒服的感觉再次浮现。谁也没想到，自己无心的一个举动会沾上李青这块有毒的牛皮糖。今日若不是陆时禹，恐怕她已经没办法像现在这样好端端站在这里。

思及此，舒宜神情软了下来，但眉毛仍旧揪在一起：“那跟你在家人面前说我是你女朋友有什么干系？”

“老爷子做了一辈子中医，家里也算是半个医院，带你过来确实是因为距离比较近，不过我也没料想到我妈会来。你在饭桌上也听到了，最近他们频繁给我安排相亲，他们又误会了我们的关系，我就顺势将计就计。”

这是把她当挡箭牌了？

请问陆时禹有问过挡箭牌的意愿吗！

舒宜恼火，刚想发作，陆时禹继续说道：“阮桃和我讲了下午的经过，我很开心你能维护我，但也希望下次不要再这么傻了，不要因为任何人让自己受伤。”

这又关阮桃什么事，舒宜越听越迷糊。

陆时禹头脑却无比清晰：“还记得你答应过我一个承诺吗？我现在已经想好了。”

太阳穴疯狂跳动，舒宜陡然生出一股不好的预感，果然，下一秒就听陆时禹说道："舒宜，我们复合吧。"

舒宜惊道："就为了有个挡箭牌，不至于这么绝吧？陆时禹，你今天是不是撞邪了？"

陆时禹无视舒宜惊诧的表情，继续说道："我说的话你考虑一下，我知道你不是视承诺为儿戏的人。希望和我在一起后，你不要把我弄丢了。"

舒宜现在可以确定，这个人疯了。

Chapter 05...

心有所属

舒宜请了几天假，在家休息的同时，还在紧锣密鼓地张罗找房子。

那日舒宜被陆时禹带走，是齐放过来善后的。然而等齐放赶到，却发现人已经不在现场，没有人知道李青去了哪里。

舒宜懊恼那天没有立即报警把李青抓起来的同时也有些担心，李青如今已经知道自己住的地方，毕竟自己在明对方在暗，万一李青贼心不死，陆时禹也不可能随时都在自己的身边。

想到陆时禹，舒宜太阳穴又开始疯狂跳动。

当陆时禹昂着头，一脸恩赐地说要跟自己复合之后，舒宜第一个反应是掉头就跑。拆掉石膏的她健步如飞，陆时禹愣是没追上。

舒宜真不知道阮桃究竟说了什么，居然让陆时禹误会自己对他余情未了。就算现在的陆时禹确实挺有魅力，但她应该也没傻到在同一个地方跌倒两次吧。

电脑页面显示着花里胡哨的租房介绍，舒宜用一根筷子将长发固定，身上穿了件宽松的 T 恤，盘着腿坐在地上胡思乱想着两人的关系。

突然电话响起，舒宜吓了一跳，看了眼来电人痛快地按了拒接。

才清闲了两秒，铃声再次不讨喜地叫了起来，舒宜鼓了鼓嘴，最终还是按下了接听键："干吗？"

"之前甩下救命恩人自己跑了，今天又不接恩人电话？"

"没见过哪个恩人脸这么大，逼着别人以身相许。"

闻言男人低沉地笑了，舒宜浑身起了一层鸡皮疙瘩，总觉得这人在故意引诱自己。

"我的建议你考虑得怎么样了？"

"不用考虑，不管阮桃跟你说了什么，都不作数。我没有吃回头草的想法，你死了这条心吧。"

陆时禹"嗯"了一声，说："知道了。"

舒宜撇了撇嘴，这么快就放弃，这人只是随口说说而已。

还好自己当时没有一时脑热地答应，不然就会再次重复曾经的悲剧。但庆幸之余还有股淡淡的失落，舒宜不愿意分辨这种感觉。

电话还没挂断，舒宜家里的门铃响起。她吓了一跳，她目前住在北城，谁会在这个时候来找她？

紧张的时候，陆时禹又变成她唯一的依靠。她压低声音：“陆时禹，我家有人敲门……”

该不会是李青吧？

舒宜蹑手蹑脚地从猫眼往外看，举着手机含笑站在门口的男人不是陆时禹是谁。她脸色微变，直接把门拉开：“有意思吗？”

今天的陆时禹戴着金丝框的平光镜，身上穿着白衬衣，一副斯文禁欲的样子。瞧见舒宜气急败坏的表情，他勾了勾唇，将手机揣进兜，晃了晃手里的保温桶：“我妈给你熬了点汤补身子，顺路给你送过来。”

阮桃到底跟陆时禹说了什么，让这人一夜之间有这么大转变。

陆时禹自来熟地走进来，环视了一圈，简单的一居室，却布置得温馨干净，没有任何男性存在的痕迹，心里略有些满意。

“今天感觉怎么样？”

“你还没跟家里人解释清楚我们的关系吗？”舒宜眉毛拧成一团，“我似乎还没答应你的要求。”

陆时禹抬眸：“我第一次登门，这就是你的待客之道？”

怎么又扯到这个上面了？舒宜发现陆时禹现在老奸巨猾得厉害，叉着腰想反驳，就听见陆时禹继续说道：“以后除了我，在家别随便给别人开门。”

舒宜一愣，后知后觉地低头，宽松的T恤堪堪遮住腿根，最重要的是衣服里面是真空的。她并非平胸，居家服硬是被穿出别样的味道。

舒宜顿时整个人都不好了，脸红成番茄，转身咬牙说了句“流氓”，慌忙逃跑。

舒宜的房间门禁闭，陆时禹自来熟地走到厨房，里面锅碗瓢盆一应俱全。本以为舒宜是个十指不沾阳春水的人，没想到厨房却充满了浓浓的烟火味，这跟陆时禹认识的舒宜有所不同。

从橱柜里找出两个精致的碗，陆时禹将炖的汤放在桌子上，趁着舒宜还没出来，拉开阳台门，拨通齐放的电话：“李青找到了吗？”

“没有。”齐放这几天也被折腾得够呛，“警察也在通过天网找了，没有出市的记录，我就纳闷这么大个人怎么就凭空消失了！”

这也是陆时禹觉得最奇怪的地方，李青那天受了伤，应该跑不了太远，可人确实不见了。他抿了抿唇：“张雪芙呢？”

“一直有人盯着她，没什么异常，也没跟李青在一起。”齐放叹了口气，“问了好几次，她一口咬定自己不知情，周围的邻居也证明张雪芙跟李青感情不好，两人分居许久。”

说着，齐放也来气：“所以说现在的人真是狗，帮了她还反咬一口，舒妹妹就是太善良了！”

“舒妹妹？”陆时禹声音微扬。

齐放还没意识到对方语气的变化，兀自说着：“对了，你有没有舒妹妹的联系方式，我一会儿打个电话。”

“这么关心她啊？”

“遇上了这么大的事儿肯定吓坏了，我代表组织买点东西慰问一下。先说好，钱挂你账上，我愿意出这份力。”

“呵。”陆时禹冷笑一声，“不劳你费心，把医院照顾好，今天我不去了。”

谁不知道陆时禹是个工作狂，而今天这人居然说不去医院了。齐放脑子转得飞快，琢磨了两秒直接爆了粗口：“老陆，你别告诉我你现在要去找舒宜？又是让我善后又是让我查人的，我就觉得你不对劲，你对舒宜该不会存了什么别的心思吧？”

说到这儿，齐放就像个忧虑的老父亲：“我承认，舒宜长得确实是万里挑一的美艳，有让男人心动的资本，但我万万没想到，连你这种万年单身狗都禁不住诱惑。你这样，让我怎么跟别人交代，又跟李青那个禽兽有什么区别？老陆啊老陆，你说说你……”

陆时禹懒得搭理他：“挂了。”

听着干净利落的忙音的齐放：“……”

电话挂断后，陆时禹嗤笑，禽兽？他要是禽兽，现在他跟舒宜的孩子恐怕早能打酱油了，还至于让她逃了这么多年？

窗外的清风吹得悬挂的绿植沙沙作响，舒宜和自己说分手的记忆突然跳出来，陆时禹心头一阵烦躁，戒烟许久的他突然很想抽根烟。

走到舒宜的房间门口，陆时禹毫不客气地敲了两声：“还没换完？”

换来的是舒宜高亢的回嘴：“流氓，离我的房间远点！”

陆时禹这才弯了弯唇，还好，兜兜转转他的小玫瑰又回来了。

舒宜像个乌龟一样缩在自己的被子里，半天没动弹。她一想到自己刚才就那么站在陆时禹面前，还喋喋不休，脸就臊得通红。

她想了想还是拨通了阮桃的电话，所谓知己知彼百战不殆，她也好奇阮桃到底在陆时禹面前说了什么，让陆时禹有这么大的转变。

阮桃还不知道舒宜险些被李青伤害，电话接通，她开心地问："舒宜姐，你是不是跟院长和好如初了？不用太感谢我，以后你们结婚请我吃喜酒就行了。"

果然是她！

舒宜磨了磨牙："你到底说什么了？"

"就如实讲啊。"那边阮桃声音轻快，"你那天不就是因为李青骂了咱们院长，才生气动手的嘛。明明都是为了院长，结果他居然还反过来凶你，一点都不懂你的真心。不过舒宜姐你放心，我都替你解释好了……"

舒宜已经没法继续听下去，咬了咬牙，一字一句地说："那我真是谢谢你。"

然后直接挂断电话。

这下她终于找到原因了，就像高中毕业的醉酒告白，陆时禹大概也是因为认为她爱他，所以才说出那样的话吧。

毕竟对于男人而言，漂亮又主动的，不要白不要。

舒宜出来的时候，陆时禹正坐在电脑桌前浏览电脑页面，她有些不满地扣上屏幕：“乱看别人电脑，当心我告你侵犯权。”

陆时禹问：“你在找房？”

舒宜给自己倒了杯水，完全没有要关照这人的意思，挑眉：“你有意见？”

“当然没有。”陆时禹坐直身子，“找得怎么样了，有看中的地方吗？”

距离医院近的地段房租太高，远的上班又不方便。在寸土寸金的北城，贫富差异在住房这件事上体现得尤其明显。

舒宜经历了失业，还打碎了陆时禹的古董花瓶，如今连个贫民都算不上，属于赤贫。她听到陆时禹的问题就嫌烦，伸脚踹了踹四平八稳霸占自己位置的人：“你有事没事，没事就别赖着了。”

“你以前对我可不是这么凶的。”陆时禹被踹了也没动弹，无处安放的大长腿伸直。

“那能一样吗！”舒宜爹毛，“以前你是我男朋友，现在你是什么？”

“我现在也可以当你男朋友。”

“那我还得对你感激涕零？”舒宜觉得陆时禹脸皮真是厚，“如果阮桃那天说了什么让你误会的话，不用怀疑，纯属她个人观点，跟我毫无关系。而且我们已经分手了，我这人不吃回头草。”

“那不分了。”

“？”

“我仔细想了想，当年分手这件事是你单方面决定的，我当时好像也没同意。”陆时禹转过头去，“我现在回复你好了，我不同意。”

舒宜：“？”

陆时禹是被舒宜拎着衣领推出去的，门关上的刹那，陆时禹还在状况外，细细琢磨了一下方才的对话，似乎也没什么纰漏，怎么就被轰出来了呢？

晚上，陆时禹约了几个朋友到酒吧喝酒。男人还穿着白天的衬衫，第一颗纽扣解开，袖口挽到手肘的位置，昏暗的灯光将他的冷白皮衬得更加清冷。

“以往怎么叫你都不出来，今天怎么自己这么主动？”张行是陆时禹的高中同学，两人这么多年一直保持联系，也算是挚友。

“老陆这是借酒消愁。”齐放虽说是留美回来的，但经常跟陆时禹的几个同学接触，互相也都熟，他身子前倾满脸八卦，“你们不知道，老陆今天哪，被女人轰出家门了。”

张行被酒呛到，咳了半晌放下酒杯，怀疑自己的耳朵出了问题：“女人？”

“还是我们院里的小姑娘。”齐放脸上挂着深藏功与名的表情。

陆时禹脸立刻黑了起来，横了眼齐放：“就你话多。”

“老陆能拥有第二春不容易，这么大事还瞒着兄弟，说出来哥们也好帮你出谋划策一番啊。”张行端着酒杯凑到陆时禹旁边，“我还以为你这辈子要吊死在前女友身上呢，还好你没那么想不开，啧啧。”

“什么前女友？”齐放没参与过陆时禹的高中生活，“老陆以前有过女朋友？我怎么不知道？”

齐放是陆时禹在美国读书期间认识的，当时陆时禹跟舒宜已经分手。

张行见陆时禹没有要阻止自己样子，便继续往下说道：“时禹前女友啊，我这么跟你说吧，她的长相，纵观整个娱乐圈，还真没几个能比得上，那张脸配上那个身材，就两个字：绝了。但人家偏偏谁都没看上，就爱我们时禹爱得死去活来。”

“我不相信，我们院里的那个小姑娘才叫绝。”齐放不知死活地问陆时禹，“老陆，你前女友跟咱们院的姑娘比，哪个好看？”

根本就是一个人有什么好比较的。

陆时禹抿了口烈酒，突然开口：“没分手。”

在场的人一愣，张行先是瞪大了双眼，然后反应过来陆时禹说了什么后爆了粗口：“等等，你们院里的那个姑娘，该不会就是舒宜吧？”

齐放还一脸状况外：“咿，你怎么认识我们医院的妹子的？”

张行无语，仰头将杯子里的酒一口气干掉，觉得陆时禹疯了。

当初陆时禹跟舒宜在一起，张行算是从头到尾的知情者与见证者。

高中的时候，舒宜在班上算是“风云人物”，不为别的，就冲着那张祸国殃民的脸，光是站那儿就已经成为全校男生讨论的对象。当时学校里暗恋舒宜的人不少，他们私底下还称舒宜为“宿舍女神”。

张行也曾和众多男生一样暗恋过舒宜，只是关于舒宜的传言太多了，在保守的学生时代，舒宜可以说是大家茶余饭后的谈资，慢慢地，他也就没了这方面的心思。

只是没想到这个备受非议的姑娘，毕业之后会和陆时禹表白。最令人瞠目的是，一向被奉为好学生的标杆、女生眼中的白月光的陆时禹居然会点头答应。

陆时禹和舒宜在一起后，和他们这帮朋友的联系越来越少，还一度被他们取笑有了女朋友忘了兄弟，结果没过几个月两人就分手了，具体原因他们倒是不清楚，只知道好像是陆时禹被甩了。

因为这件事，张行对舒宜的印象十分不好，总觉得这个女人不安分，只是想玩弄陆时禹的感情。分手后，陆时禹出国，一直到现在都没交女朋友。

虽然陆时禹不说，但张行觉得陆时禹一直没忘记舒宜。结果没想到兜兜转转，这两人又纠缠到了一起。

张行恨铁不成钢：“你这辈子就非她不可了吗？她除了那张脸还不错，哪里值得你这么一而再、再而三地跟她在一起？”

陆时禹修长的手指磨着酒杯：“嗯，非她不可。”

夏天的夜晚总是特别漫长，舒宜趁着休息，约了房东接连看了几套房子，不是位置太偏就是住宿环境太差，地理位置稍微好一点的，租金比她工资还高，这样的现状也让她不得不思考自己做出搬家的决定是否过于草率。

其实只要自己小心点，应该没关系的吧。

舒宜满心沮丧，随便找了个面馆准备吃口饭就回家，结果才刚坐下，兜里的手机就响了起来。看了眼来电，舒宜觉得奇怪："齐院长，这么晚您有什么事吗？"

齐放小卷毛根根竖起，可怜巴巴地看了眼陆时禹，在对方无声的逼迫下硬着头皮说道："我现在跟陆时禹在一起，他喝醉了。"

舒宜夹着手机，在面馆单子上勾勾选选，想着陆时禹喝醉了关她什么事："然后呢？"

齐放活了整整二十八年，从小就是品学兼优的好宝宝，这还是他第一次撒谎，舌头都有点打结："你不是他女朋友吗，他现在趴在桌子上，只要你过来，任谁叫都不走。要不你过来一趟，把他领走吧？"

张行闻言，默默朝着齐放竖起大拇指，以资鼓励。

舒宜翻了个白眼，只说了两个字："不管。"然后干脆利落地挂了电话。

齐放："……"

挂断电话，舒宜的手机振动了两声，齐放又发了微信过来。

舒宜原本想直接无视，但鬼使神差地还是将对话框点开。上面应该是齐放偷拍的陆时禹的照片，男人趴在桌子上闭着双眼，眉毛轻拧，仿佛很不舒服的样子。照片背景昏暗，有些看不真切，但舒宜心脏还是无端地跳错了一个节拍。

齐放："舒宜，我接到了手术通知，实在没时间照顾老陆了，这件事就拜托你了！”并附上了定位。

舒宜最不吃这套，拒绝的话还没输完，齐放就飞速传来一条：“手术紧急，不方便看手机，关机了！”

呵，这个手术来得还真是时候。

半个小时后，舒宜怒气冲冲地走进酒吧，一眼就瞧见趴在桌子上睡觉的男人。

舒宜恼怒自己心软，气鼓鼓地伸脚踹了踹陆时禹：“还活着吗？”

陆时禹一动不动。

舒宜凑到陆时禹面前：“别装了，我知道你没喝醉。”

这次，陆时禹睫毛微微扇动了两下，但身子依然稳如泰山，这是跟她杠上了？

舒宜直接脱下外套，活动了下筋骨，自言自语道：“好久没来酒吧了，趁这个机会也可以玩一玩。”

闻言，原本趴得稳稳当当的男人缓缓抬头，眼神迷离地看了眼舒宜：“你怎么来啦？”

舒宜简直气笑了：“你没当演员太可惜了，世界欠你个奥斯卡。”

舒宜顺势坐下，从外面跑进来时出的汗还没消退，未施粉黛的脸泛着粉，两条腿笔直白皙，美中不足的是前些天被拖拽的痕迹还没完全消退，青紫色显得尤其刺眼。

舒宜问：“把我骗过来想干吗？”

陆时禹重新趴在桌子上，一双眼睛沁着水珠，跟平日里纽扣都要系到第一颗的模样大相径庭。

“什么骗过来，你怎么会突然过来？”

“少装失忆，齐放给我打电话让我来领你回家，说什么自己做手术没时间。”舒宜冷笑，“我怎么不知道咱们医院晚上还安排手术，现在的医生都这么不负责任，饮酒后开刀，为了壮胆吗？”

齐放真是连撒谎都不会，陆时禹内心默默将齐放拉入黑名单。

门外面，躲在酒吧门口的齐放突然打了个喷嚏，挠了挠小卷毛：“我该不会感冒了吧？”

驻唱在台上唱着舒缓的民谣，昏暗的灯光变换着颜色，将一对男女的脸照得忽明忽暗。陆时禹为了保持人设，一直维持着趴在桌子上的姿势。舒宜点了杯气泡水，坐在陆时禹对面，大有跟这人耗下去的架势。

“女士，您的 Negroni（尼克罗尼）。”服务员端着托盘，将一杯火红的调酒放在舒宜面前，酒的颜色和舒宜美艳的外貌生出了几分和谐。

舒宜皱了皱眉：“不好意思，我没点酒。”

服务生说：“是那位先生给您点的。”

舒宜回头，瞧见一位嘻哈风打扮的年轻人遥遥举杯，还轻轻说了句“Cheers（干杯）”。

拒绝的话还没说，另一位服务员也走了过来，将一杯香槟放在舒宜面前："女士，您的酒，是那位男士……"

"我现在感觉好多了。"陆时禹黑着脸坐起身，拿上丢掷在一边的外套，顺畅地拽住舒宜的手腕，"可以回去了。"

舒宜："……"

夏天的夜闷热难熬，偶有风吹过，才带来一阵清凉。陆时禹出去后仍拽住舒宜的手腕不放，男人掌心炽热滚烫，被握住的地方仿佛有一团火在烧。

走到外面，陆时禹的脸色还没有好转。舒宜一路忍笑，陆时禹这个人虽然看上去一副不食人间烟火的正经模样，但实际上醋味比谁都大。

"酒醒了？"舒宜甩开陆时禹的手，双臂环胸，"现在自己回家没问题了吧？"

陆时禹抿唇不讲话。

舒宜生气，转身往酒吧走："那你自己回去，我发现酒吧还挺有意思，人家请我的酒还没喝，我玩会儿再走。"

陆时禹一把将舒宜拽回来，脸上充满着委屈："你今天把我从家里轰出来了。"

"是因为你一直当着我的面说些奇怪的话。"舒宜无语，"今天我过来就是想把话和你说清楚，那天你救了我，我很感激你。但这并不代表我想要和你继续玩这种成人游戏，不管是我曾经允诺过你什么，还是请我帮忙骗你的家人，我都不会答应。我已经不喜欢你了，你这样会给我造成困扰的。"

“不喜欢了。”陆时禹重复了一遍她的话，语气带着嘲弄，“在我书桌放了三年的牛奶糖，每天早晨会绕到我上车的前一站坐公交车，放学后故意等到我离开才出门，现在说不喜欢就不喜欢了。舒宜，你的喜欢未免也太短暂了。”

和陆时禹认识这么久，舒宜从不知道原来自己高中时小心翼翼包裹的欢喜这个人竟早就知道。

陆时禹仿佛真的醉了，看着远方忽明忽暗的灯光，问：“还是对你而言，我只是众多的猎物之一，一旦我被征服就没了吸引力？”

熙攘的背景声似乎悉数退去，世界仿佛在这一刻安静下来。原本决绝地说着拒绝的舒宜，因为陆时禹简单的几句话，浑身战栗。

所有的付出，所有的委屈都在这一刻爆发，她嘴唇被咬得泛白，道：“是这样的啊，一直以来你都是这样想我的。猎物，对，你只是我的猎物而已。”

舒宜低下头，有些想笑：“陆时禹，以后别再跟我说在一起这种话了。”

休息的时间总是过得飞快，仿佛才过了几天，舒宜就重新回了医院。

那天舒宜和陆时禹分开后，他一直没再联系过舒宜，大概是对她彻底死心了。

舒宜并不意外，毕竟像陆时禹这般高傲的人，能说出“复合”

这样的话已经是极限了。

谈不上难过，只是有些失落。就如陆时禹所言，她喜欢，不，应该说她暗恋陆时禹整整三年。曾经，陆时禹在她心中太美好了，美好到她一度认为如此“臭名远扬”的自己，喜欢陆时禹都是对他的一种亵渎。

然而，珍藏了三年的喜欢在毕业那天终于爆发，趁着酒意她做出了连自己都意想不到的决定——和陆时禹告白。

当陆时禹点头的时候，舒宜觉得那可能是自己人生中最快乐的一天。

她特别珍惜和陆时禹相处的每一天，刻意收敛自己的性子，让自己变得温顺乖巧，讨人喜欢。只是这样的满腔热血，在听到陆时禹说自己只是“玩玩而已”时被熄灭了，怒气之下她和男人提了分手，可笑的是当晚她就后悔了。

躲在大学宿舍哭了一夜，隔天坐了两个小时的公交车去他校门口想要道歉，看到的却是他骑自行车载着其他女孩的画面。

多讽刺啊。

舒宜不知道，这样的陆时禹如今凭什么倒打一耙，质疑她的真心。

跟自己纠缠了这么多年，遗憾了这么多年，舒宜终于倦了。她开始意识到，命运是个很神奇的东西，会让人遇见，教人成长，最后让人放下。

舒宜询问了律师，签订了一年合同的情况下再谈解约有些麻烦，除非双方达成一致，解除协议。她觉得既然彼此的关系已经闹得不愉快，事到如今，陆时禹似乎也没有帮助她的必要，不如她知趣地请辞，欠陆时禹的钱，她再找新的工作慢慢还给对方。

调整好了心态，舒宜重新上班，准备和陆时禹谈解除协议，没想到这人居然没来！

阮桃看见舒宜，惊喜地跑过去给了她一个大大的拥抱："舒宜姐，你没来的这几天我好想你，齐院长说你身体不舒服，我几次想去看你都被他拦住了。"

阮桃噘着嘴，一直在吐槽齐放的"恶行"，顺便抱怨着遇到的奇葩客户，黏着舒宜仿佛有说不完的话，这种体验对舒宜而言还有些新奇。

舒宜上学的时候是全班女生的头号公敌，上班之后跟女同事的关系也平平淡淡，阮桃算是她来这里的惊喜，相处久了，她竟也生出了不舍。

中午的时候，陆时禹还是没露面，舒宜不禁有些奇怪："陆院长今天有事不来了？"

阮桃答："没听说啊。"

正巧齐放从楼上下来，阮桃仰着头顺口问道："齐院，为什么陆院长今天没来上班呀？"

齐放也觉得奇怪，今天倒是没听说陆时禹请假。当着两个姑娘的面，齐放拨通了陆时禹的电话，那边很久才接，声音沙哑得厉害，对着齐放没一句废话："今天没事别找我。"

说完直接挂断。

“完了。”齐放摇头，非常不合时宜地讲了个冷笑话，“老陆好像吃炸药，把脑子吃坏了。”

舒宜：“？”

陆时禹身体很好，平日里很少生病。齐放和陆时禹认识这么多年，只见陆时禹生过一次病，陆时禹从国内探亲抵美的第二天，也不知受了什么风寒，整个人高烧不退，险些昏迷在宿舍。还是齐放发现了异常，将人扛到了医院，也算是救了陆时禹一命。

也正是从那之后，两人才变成了好友。

如今听这嗓音，陆时禹明显受了风寒。齐放虽然口头开着玩笑，但不敢有半点马虎，直接吩咐道：“舒宜，你快去老陆家看看情况。”

舒宜无语，凭什么？她又不是医生，让她去有什么用！

齐放见舒宜不为所动，不由得痛心疾首：“之前你是跟老陆闹了点不愉快，但这可是性命攸关的大事！老陆之前还救了你，你可不能恩将仇报啊。

“而且我可听说你虽然干的是咨询师的活儿，但实际上也算是老陆钦点的助理，老板生病让你去看看，怎么还就不乐意了呢！”

舒宜发现齐放不该是学医的，大概是学辩论的。

尽管舒宜想跟陆时禹保持距离，但对方救了自己是事实，思来想去，她还是屈从了：“那这边就拜托阮桃了，有什么事我给你们打电话。”

眼看着舒宜走远，阮桃咧着嘴，伸手跟齐放击了个掌："齐院长，我发现你的演技有所提升，你说这次舒宜姐姐能信吗？"

齐放"啧"了一声："信，当然信。"

吸取了上次失败的教训，这次陆时禹可是足足冲了一个小时的冷水澡，硬是把自己作发烧了。

齐放使劲儿揪了揪阮桃的苹果脸，感叹："爱情啊……"

然后背着手走了出去。

Chapter
06...

亲亲
可以动心

陆时禹是被急促的门铃声吵醒的，魔音入耳，男人挣扎着从床上爬起来去开门，瞧见门外之人竟愣了片刻，嘴里嘟囔了一句“烧糊涂了”，便又脚步虚浮地飘回了房间，一顿操作让舒宜猝不及防。

进门，舒宜被强烈的“冷都男”装潢惊到，黑白灰三色占据了整个视野，物品更是少得可怜，像极了精致的样板房。

房子与她出租屋相比可以说是豪宅，贫富差异感扑面而来，让她不由得感慨有钱真好。

没找到合适的拖鞋，舒宜索性赤着脚直接踩进房间，房子的主人又四平八稳地趴回了床上，舒宜这位探病的客人反而没了人招待，把路上随意买的病号专用果篮放在茶几上，想了想还是跟进了主卧。

陆时禹又睡着了，躺在床的正中间，大抵是觉得热，灰色薄毯悉数被压在身下，刘海乖巧地盖住脑门，睫毛像蒲扇般覆在眼底。

舒宜用手背试探了下男人的体温，好看的眉毛立刻紧蹙，脸上也染上了几分焦急：“陆时禹，你醒一醒！”

陆时禹睁开眼，瞧见舒宜反应了两秒，后知后觉地道：“刚刚真是你敲的门？你怎么过来了？”

舒宜答：“送你去医院。”

舒宜抿着唇，拿出手机开始拨打电话，对躺在床上的男人道：“我先让齐放去医院登记，再叫一辆出租车。”

“我不去医院。”陆时禹闻言翻了个身，后脑勺对着舒宜，还叛逆地用被子把头蒙了起来。

舒宜：“？”

这还是她认识的那个，高贵冷艳的陆时禹吗？

舒宜怎么都戳不起陆时禹，也有些着急：“你自己就是医生，应该知道高烧不退的危险。要是再不配合，我就直接走了。”

“那你走，让我自生自灭吧。”陆时禹沙哑的声音从被子里传出来，语气还带了些委屈，“反正也不是第一次了。”

舒宜不懂陆时禹这句话的意思，误以为是对方说自己经常发烧，也没放在心上。瞪着这人孤傲的背影，舒宜妥协：“家里有没有体温计和药？先量一下体温。”

房间只有陆时禹均匀的呼吸声，时钟挂在墙上嘀嗒作响，舒宜坐在床头，不断给这人的额头换着湿毛巾，想着自己还真是纠结，明明才下定决心辞职远离陆时禹，结果现在又在这里尽心尽力地照顾着他。

她不由得对自己有点生气，十八岁的舒宜和二十五岁的舒宜，没有任何区别。

舒宜叹了口气，想着自己大概是上辈子欠了陆时禹的吧，这辈子才会一直被拖住还债。

思及此，舒宜伸出罪恶的手，报复性地掐了一下男人露在外面的手臂，结果手还没伸回来就被男人一把抓住，原本熟睡的人睁开眼：“想趁我生病欺负我？”

舒宜被逮住也不虚，大大方方地收回手：“现在感觉好些了吗？没什么大碍我就回家了。”

“我饿了。”陆时禹重新闭上眼睛，“一天没吃东西了。”

“你怎么不早说，空腹吃药对胃很不好的。”舒宜忙不迭地起身，心里埋怨自己粗心，“我去煮点粥。”

房间的门开着，陆时禹躺在床上恰好能看见女人在厨房忙碌的背影。踏实感慢慢袭来，惦念了这么多年的心落回了原位。

大抵是生病会让人变得多愁善感，陆时禹头昏昏沉沉，曾经的画面走马灯般在面前闪过。

从小到大，陆时禹都是一个做事很有规划的人，人生唯一的意外，便是舒宜。

喜欢舒宜，是一件非常简单的事。初遇时的惊艳，让很晚开窍的陆时禹第一次感受到了悸动，从此巫山神女有了具象。然而承认喜欢舒宜，却是一件很难的事。

女孩明媚张扬、性感火辣，仿佛电视剧里的狐妖，举止皆是魅惑。这样的存在在上学时期无疑是具有争议的，对陆时禹而言，承认对舒宜的喜欢，似乎意味着对欲望妥协。

当他发现舒宜喜欢自己时，无疑是开心的。只是这其中很大一部分是男生的虚荣心在作祟，有一段时间他甚至分辨不清这种欢喜究竟是源自大家都求而不得的女神喜欢自己，还是来自他所喜欢的人也同样喜欢自己。

高中毕业的谢师宴上，他忍不住观察那个让他纠结了三年的姑娘，他注意到她喝了很多酒，注意到有男生和她告白，注意到她全程似乎有些心不在焉。舒宜会表白，是他始料未及的。原以为自己这场算不上暗恋的喜欢会以青春的遗憾作为结尾，没想到舒宜却直白果断地挑明了一次又一次的试探。

两个月后，他即将在北城大学念书。

四年后，他会申请去哈佛医学院进修。

七年后，他会成为业内有名的外科医生。

他们的人生会截然不同，当时陆时禹不是不纠结的。

只是当她看到女孩决绝的眼神时，理智全无，那一刻他的脑海里只有三个字：答应她。

那天之后，她成了他的女朋友。他想，他终于还是和自己的欲望妥协了。

“粥好了。”舒宜敲了敲陆时禹房间的门，“在想什么，喊了你好几遍你都没理我，还难受吗？”

“好多了。”餐桌上已经摆放好了碗筷，陆时禹坐在餐桌旁捏了捏太阳穴，“抱歉，你第一次过来，结果让你做饭。”

“这种话你应该在刚才说自己饿的时候讲，现在显得有些故意。”舒宜翻了个白眼，舀了碗白粥放在男人面前，交代道，“吃过饭你再测一遍温度，如果没有什么事就继续休息，明天还不好转就去医院吧。”

陆时禹问：“你不吃饭？”

“我回家了。”外面的天色渐晚，舒宜走到门口弯腰换鞋，“我手机忘在房间了，麻烦你帮忙拿一下。”

陆时禹此时仿佛一只乖巧的大熊，慢悠悠地晃进房间，又慢悠悠地走到舒宜面前。舒宜伸手，却迟迟没见他递来手机。

陆时禹担心道：“这么晚了，你自己回去，万一李青突然出现怎么办？”

这也是舒宜坚持要这么早离开的原因，她所在的小区位置比较偏，白天都很少有人，晚上更危险。

舒宜皱眉，听陆时禹问道：“新房子还没找到？”

舒宜答：“没，租金便宜的地方跟现在住的也差不多，没区别。”

舒宜站直身子，听见陆时禹说：“现在李青还没找到，你自己住不安全。医院有提供的宿舍，不行就考虑先凑合一段时间。”

“我们还有宿舍？”舒宜没听说过，“在哪里？”

陆时禹语气淡淡地说：“就在医院旁边，居住环境不错，就是空间小，两室一厅，但一个人住绰绰有余。如果你愿意明天就能搬过去，等你找到新的住处再搬走。”

舒宜现在的房子已经到期，如果确定要搬走的话就不需要再续约，如果真有宿舍让她暂时住一阵，那时间会宽裕很多。

舒宜心动：“可以马上搬家吗？最近我房东一直在催我续约，这样的话我就先搬到宿舍去。”

“当然。”陆时禹面无表情，揉了揉太阳穴，“我现在头还是很晕，感觉夜里会再烧起来。”

舒宜不懂陆时禹的言下之意，仰着头望着对方。

“算了，应该死不了。”陆时禹按着太阳穴，“我不放心你，送你回去。”

语闭，陆时禹当真开始穿外套，高大的身子有些摇晃，看得舒宜胆战心惊。

舒宜开口拒绝，陆时禹却异常坚持：“万一再遇到李青，可能没这么好运会有人恰好经过。你乖一点，别让我不放心。”

“算了算了。”舒宜一把将包仍回沙发，“看在你救过我的分儿上，我好人做到底，今天晚上我陪着你，等到你烧退了我再走。”

陆时禹“嗯”了一声：“坐下来一起吃吧，饭后可以找部电影看看。”

舒宜瞧着安静摆放碗筷的陆时禹，总觉得哪里怪怪的。突然，一个不可思议的念头浮上来，陆时禹这次的目的，该不会就是让自己留下来吧？

陆时禹前段时间听信了张行的“谗言”，将姑娘骗到酒吧想让舒宜答应自己的条件，却不承想将舒宜推得更远。如今的舒宜在陆时禹看来就像一只敏感的刺猬，看上去满身是刺，可是轻轻用手一碰就会缩成一团。

左思右想，陆时禹才想出了生病的“下策”，以此来缓和两人的关系。原本计划着先让对方过来，自己再酝酿如何挽回局面，结果没想到舒宜留下来了，吃过饭自己却又昏睡了过去。

千算万算，没算到洗冷水澡副作用这么大。

晚上睡到一半，陆时禹从睡梦中醒来，睁眼便看见趴在自己枕边坐着睡着的姑娘。他一时间错不开视线，一双眸子紧紧锁住面前熟睡的女孩，生怕一眨眼就会发现这一切只是黄粱一梦。

陆时禹做过太多这样的梦。

刚分手的时候，陆时禹经常半夜醒来，以为自己还和女孩在一起，直到打开微信看到女孩对话框里的好友申请，才意识到两人已分手多时。后来，他答应哈佛医学院的交换邀请，远赴美国。原以为距离会冲淡对舒宜的想念，却不承想女孩频繁入梦。

或许最初在分手的时候，连他自己都没想到，舒宜对自己竟会有如此深的影响。

陆时禹轻轻起身将舒宜抱上床，晃动让舒宜不满地哼了哼，陆时禹僵住身子，舒宜在枕头上拱了拱，调整了睡姿便又睡熟了。

清风吹乱了窗帘，月光洒满了房间。

秋分之后，夏天仿佛被人按下了暂停，即便烈日当头，身上也不再有黏腻的不适感，正是搬家的好时节。

舒宜和阮桃询问了一下医院的住宿制度，阮桃闻言先是一愣，而后脑筋转得飞快：“啊，你说宿舍啊……有，医院有的！不过因为我就是本地人，所以没有申请。”

听阮桃都这样讲，舒宜便不疑有他。恰逢租约到期，舒宜便紧锣密鼓地安排着搬家事宜。至于辞职的事，舒宜也没再提起过。

搬家公司是陆时禹帮忙联系的，当天陆时禹也过来帮忙，舒宜拿着张报纸遮着烈阳：“贵为院长，三天两头翘班不好吧，再这么下去医院可别倒闭了。”

“这也算是员工福利。”陆时禹往车上搬箱子，“不然你的十根手指头能干得了什么？”

伤口还没完全愈合，手指上最近结了痂，舒宜空虚地在空气中抓了两下：“求别提，你这么一说我又开始痒了。”

舒宜上楼检查是否遗漏了东西的时候，看着空空荡荡的房间不禁有些感慨，朝着站在自己身后的陆时禹说道：“从小到大我都没有一个真正属于自己的地方，小时候我妈带着我东奔西跑，寄人篱下。稍大一点她便不怎么管我，将我直接丢到学校住宿，能拥有一个属于自己的空间是我一直以来的梦想。

“大学期间我一直做兼职，当主持、送快递、去餐厅做小时工，什么都做过了，就是为了攒钱能在毕业后有一个属于自己的独立空间，让我的生活不再这么漂泊。”

舒宜住的地方比较偏，空间也不大，当年刚毕业的她主要是贪图租金便宜，想着以后手头宽裕了再换。然而当她工作之后，却反而对这里有了感情，不想再变了。

某种程度上讲，舒宜是个恋旧又长情的人。只是遗憾的是，舒宜长得太漂亮了，漂亮到迷惑了身边人的眼睛，让大家以为她生来爱慕虚荣。

“你没和我讲过你的过去。”陆时禹突然开口，“和母亲漂泊，寄人篱下，这些我都不知道。”

“我以为你不想知道。”

“事实上，我很想知道。”

“高中的时候，我经常觉得你不如我看到的那样开朗，没人的时候你很少笑，对外界的负面评价从不解释，对周围的一切都漠不关心。”陆时禹不知想到了什么，语气缓慢，“有时候我觉得你把自己包裹进了很厚的茧里，别人进不去，而你自己不愿走出来。”

“和你在一起的那段时间，你可以说是完美女友。你从不会过问我的家庭，也不主动问我的行踪，不参加我和朋友的聚会，也不干涉我所有的决定。还记得吗，分手前我获得了去哈佛交换的机会，我询问过你的意见，我想要听到你的挽留和不舍，哪怕和我发脾气也好。”陆时禹停顿片刻，轻笑道，“可是都没有，你什么都没说。所以你提出分手的时候，我甚至以为，你早就想要和我分开了。”

舒宜被陆时禹的话惊到：“怎么会……我、我以为男生都喜欢这样的……”

陆时禹说：“看吧，就连这个你都没有问过我。”

舒宜没有想过这个问题，当初陆时禹说自己获得了交换名额，她当然也会难过，当然也想任性地叫他放弃。

可是哈佛医学院，是他的梦想啊……那时的她怎么敢，怎么敢让陆时禹为了她放弃梦想？

后来两个人分手，舒宜辗转得知陆时禹去了美国，就仿佛印证了自己的猜测：看吧，即便你们没有分手，你还是会成为被抛下的那一个。

陆时禹叹了口气，看向舒宜的眼神真挚：“我们过去太年轻，不否认在那段感情中有过很多的误会。既然如今我们又碰到，你没有心仪的男生，而我又没有女朋友，为什么不能再给彼此一次机会？”

没想到陆时禹还会提起这件事，舒宜沉默了两秒：“是因为想拿我当挡箭牌，推托相亲？”

陆时禹皱眉：“为什么不问我是不是喜欢你？”

“喜欢我？”舒宜笑，仿佛听到了笑话般问，“喜欢我什么呢，我的脸？我的身材？还是我的性格？”

陆时禹不喜欢她这般讲话，眉毛紧蹙，还未开口，在楼下等待许久的工人上来：“都装好了，现在出发吗？”

舒宜率先走过去：“来了来了。”

陆时禹站在一边看着忙碌的姑娘，闪了闪双眸。

为了感谢陆时禹，晚上舒宜做东请客，顺便叫了半路被拉过来充当苦力的齐放和阮桃。

点完餐，齐放用筷子敲着碗："舒妹妹略显小气，第一次请客就吃烧烤？我可是帮你搬了一天的东西，至少也得米其林伺候吧！"

闻言，舒宜有些不好意思："最近手头紧俏，等发工资请你们吃大餐。"

"不用搭理他。"陆时禹视线飘过去，对齐放说，"想吃米其林你现在可以起立左转，没人拦着你。"

齐放一脸不可置信："老陆，你现在怎么还两副面孔？当时在美国的时候，是谁说烧烤里面有致癌物，吃多了相当于慢性自杀的？"

"哼，齐院长是坏人，舒姐姐别搭理他，我就爱吃烧烤。"阮桃鼓着脸颊，瞪了眼齐放，一副同仇敌忾的架势。

齐放觉得自己被排挤了，一拍桌子怒吼："老板，羊肉串再加十串！"

话音刚落，齐放的手机就响了起来，接通之后，他"嗯啊"了两声，然后对着舒宜问道："舒妹妹，我朋友就在附近，想要过来，你不介意加个人吧？"

原本觉得烧烤和夏天最般配，可刚才齐放状似玩笑的话提醒了舒宜，这里的环境可能真的和对方的身份不符，心里觉得有些歉意。现在齐放提要求，舒宜哪里还有不答应的道理，赶紧点头。

陆时禹今天穿了件黑色衬衫，坐在店内脊背挺直，举手投足都带着股天然贵气，和周围嘈杂的环境显得格格不入。倒是闹哄着要吃米其林的齐放，原本就是一张娃娃脸，为了方便充当搬运工，身上还穿了件印着大狗头的T恤，看起来就像大学生。挂掉电话，齐放一张嘴叽里咕噜地说个不停，就算没人理他也不停地在说。

舒宜觉得这个场景有些好笑，嘴巴微微扬起，被陆时禹瞧见："笑什么？"

"没有。"舒宜弯了弯眼角，"就是觉得齐放挺可爱的。"

齐放听到了，嘴巴刚咧开，就瞧见陆时禹不屑地扫了他一眼："嗯，像个傻子。"

齐放："？"

当着本人的面，明目张胆地进行人身攻击不太好吧！

烧烤店不大，但客人极多，拥挤的店里弥漫着烧烤味。

陆时禹坐在舒宜身侧，捻着木签尾端，从上往下把肉剃下，然后利落地把肉放进舒宜盘子里。

"我自己吃。"舒宜嘴巴被塞得满满当当，一边努力吃陆时禹的投喂一边抱怨，"羊肉串就是咬着吃才好吃，你别弄下来。"

"有油，你手不方便。"陆时禹捻了捻食指，继续慢条斯理地重复动作。

阮桃跟齐放坐在对面，就像正在看偶像剧一样互相挤眉弄眼，阮桃甚至比当事人还激动，小声朝着齐放说道："院长真的太帅了，和舒宜姐坐在这边，感觉整家店都在发光。”

齐放咬了口羊肉，嘟囔了句：“我也不差啊，刚刚舒宜还夸我可爱呢。”

阮桃瞅了眼吃得满嘴是油的男人，默默把凳子往一边搬了搬，真不知道对方怎么有底气讲出这种话。

吃得正开心，餐馆的门被推开，外头走进来一个人：“舒宜，好久不见。”

未吃完的肉还含在嘴里，舒宜抬眸看到来人思索了片刻，神色淡了下来，重新低下头慢慢咀嚼，没有应声，思忖着若是知道方才给齐放打电话的朋友是他，她断不会答应多加个人。

张行自己添了把凳子坐下：“不认识啦，我张行，高中是你隔壁班的。”

舒宜眼皮都没抬，丝毫没有应付的样子，回了句：“不认识。”

在场的人皆是一愣。张行是陆时禹的好友，之前两人又在一起过一段时间，就算高中的时候没有印象，之后总不会也不知道对方的存在吧。这么说，明显是故意的。

现场有了短暂的尴尬。

张行也不知哪里得罪了这位姑奶奶，下意识地看了眼陆时禹，结果这人当年有了媳妇忘了兄弟的德行再次出现，闷头专心致志地给舒宜倒饮料，连看都没看他一眼。

好在张行脸皮厚，常年在商场混，习惯了这种场面，他抬手给自己要了几瓶啤酒，嬉皮笑脸：“不认识我正常，今天这顿饭之后希望舒女神能记得我。”

结果话音刚落，陆时禹把筷子放下，身子慵懒地靠在椅背上：“记你做什么？”

再次冷场。

张行嘴角抽了抽，琢磨着这两人还真是绝配，他闭嘴还不成吗！

酒足饭饱，舒宜搬家还有一堆东西需要收整，陆时禹也跟着姑娘一起离开。

看着远去的车，张行打了个饱嗝，这才放大了音量问：“现在这两人什么情况？”

齐放回答：“老陆说医院提供住宿，自掏腰包租了个小公寓给舒宜住。”

连自诩恋爱大师的张行都看不出套路：“这又是演的哪一出？”

齐放嗤笑：“能是哪一出，租了两间，自己搬对面去了。”

张行毫不吝啬地竖起大拇指：“输了，输了。”

陆时禹这是不追则已，一追就是大手笔。

“好酸！”阮桃就像看了一集偶像剧，两眼放光，“果然甜甜的爱情都是别人的。”

“没错，瘦瘦的身材也是别人的。”齐放捏住阮桃肉嘟嘟的脸颊，“走吧，今天哥哥勉为其难护送你回家。”

阮桃不满地把齐放的手拍下来，这人又捏回去。张行跟着两人走了几步，傻眼：“那我呢？”

“你也回家啊。”齐放晃了晃车钥匙，“不过你家太远，我车比较耗油，太不划算了，你还是自己打车回去吧。”

张行：“……”

为什么他会交到这么一群重色轻友的朋友！

宿舍是两居室，在一个看上去安全高档的小区，舒宜查过这里的房价，不夸张地讲，她不吃不喝工作半年都买不下一平方米。

这也让舒宜有些奇怪：“你们员工待遇真的这么好？提供的宿舍都在这样的地方。”

陆时禹说：“我不差钱。”

四个字，让舒宜将满腔疑问憋了回去。

确实，有钱想怎么任性都可以。

晚上的车变少，陆时禹把车窗摇下来，清爽的风从外头吹进来，吹散了舒宜的长发。

“你还没回答我今天的问题。”

“什么问题？”

“再给彼此一次机会，先别急着把我拒之门外。”

车厢内放着舒缓的轻音乐，外面闪烁着五颜六色的灯光。舒宜闻言，有些恼怒地回了句：“拒之门外，你的意思是我不答应，你就不敲门了吗？”

半晌，陆时禹笑了出来，低沉的笑声像深泉涌出的汩汩水声，直接流到心坎：“不敲了，我会直接把门拆了。”

车稳稳地停在地下停车场，舒宜飞速下车甩上车门，却瞧见陆时禹也下了车，还顺便将车落了锁。

“你不回去吗？”舒宜奇怪，“你该不会还想……上去坐坐吧？”

“那我就恭敬不如从命。”

她邀请他了吗？

说完，陆时禹当真亦步亦趋地跟在舒宜后面。

舒宜皱眉不肯走：“深更半夜，孤男寡女，不合适吧？”

“没事，我会保护好自己的。”

“陆时禹，你的脸呢？”

“我也搬家了，就在楼上。”

“？”

当陆时禹拿着钥匙打开自己对面的那扇门时，舒宜后知后觉自己被套路了。

陆时禹负手站在楼道里，嘴角往上扬了扬：“这样敲门比较方便。”

算他狠。

舒宜往外吐了口浊气，而后重重关上房门。

站在门后，舒宜从猫眼中看见陆时禹还站在原地，脸上挂着笑容，仿佛能透过门看见自己一般。

飞速跑到客厅，舒宜抱着枕头坐在沙发上。

从李青事件开始，舒宜就能感受到陆时禹来势汹汹，为了应付他老妈的相亲，随便找个人假扮就好了，为什么非要找到她还莫名其妙地说要复合这样的话。

舒宜懊恼，这样下去连她都不敢确定自己能坚持多久，毕竟喜欢陆时禹对她来说早就成了某种习惯。

想到最后，舒宜也没想出个所以然，索性破罐子破摔，不然答应帮陆时禹当挡箭牌好了，反正之前又不是没在一起过，就当再消遣一次。

天气逐渐转凉，来整形医院咨询整形的客人也逐渐多了起来。加上有舒宜这块活招牌，齐放每天看着营业额的流水单都笑得合不拢嘴，对舒宜的好感更是"噌噌"上涨，瞧见姑娘时，"舒宜妹妹"长"舒宜妹妹"短地叫个不停，引来陆时禹的强烈不满。

"说了一天的话，嘴巴都酸了。"才送走了一批客人，阮桃揉着发酸的脸颊，含混不清地抱怨。

"就这张小胖脸，也可以适当运动运动。"齐放难得没有手术，穿着白大褂也坐在前台的位置，跟两个姑娘聊天。

"我不是胖，我只是婴儿肥。"阮桃不满地鼓腮，靠着舒宜蹭了蹭，说完也不知在想些什么，问道，"齐院，咨询您个问题。打瘦脸针可以消掉婴儿肥吗？"

"好端端的打瘦脸针做什么？"舒宜问。

"脸太大了。"阮桃一直听齐放拿自己的苹果脸说事，也有点难过，"我一直没找到男朋友，莫非就是因为我的脸？"

"别听这些直男的，我觉得很可爱。"舒宜一把揽住阮桃的肩膀，瞪了眼齐放，"你干吗老是讲她！"

“我哪有！”齐放冤枉，最后红着脸嘟囔，“我又没说不好看。”

“都这么闲？”陆时禹从上面走下来，闲聊被抓包的阮桃立刻站起身子喊了句“院长好”。

陆时禹点头算是应和，脸上没什么表情，朝着舒宜说道：“你跟我来一趟。”

好端端叫她做什么？

舒宜奇怪地跟阮桃对视了一眼，然后起身跟在陆时禹身后走上去：“有什么事？”

陆时禹坐在沙发上，双腿交叠状似无意地问道：“刚刚在聊什么？”

“没什么，就说整容的事。”舒宜站在门口，没有要坐下的意思，打算听陆时禹说完话就下去。

“齐放之前做过两年的骨外科医生，后来才主攻面部整形，比较擅长面雕之类的手术，虽然做得还算可以，但灵活性稍微差些。最重要的是，这个人审美不行，基本上只能改变有明显瑕疵的脸部，原本就很完美的脸，他很难有再施展的空间。”

舒宜眨眼，不懂陆时禹干吗突然聊齐放，没有回应等着下文。

陆时禹一本正经地说道：“所以他帮不了你，以后有问题记得问我。”

莫名其妙。

舒宜难得语塞了几秒，“哦”了一声问道：“没其他的事了？那我下去了。”

“有事。”陆时禹伸了伸手，示意舒宜先坐下，“还记得当初你来的时候，我给你分配的工作岗位吗？”

舒宜疑惑：“不是咨询师吗？”

“是助理。”陆时禹轻轻点了点桌面，“最近你也大概熟悉了我们医院的主要经营业务和工作流程，今天开始你就不用去前台那边给客人做咨询服务了，搬到二楼办公。”

陆时禹这个三天两头翘班，自己手术一个月都不安排几台的人要什么助理！

舒宜送给了陆时禹一个看神经病的眼神，转头走了出去。

留下被嫌弃的陆时禹：“？”

Chapter 07...

谈场恋爱 好不好

快下班的时候，舒宜正拿着拖把给地面进行最后的消毒，医院的门被推开，她弯着身子也没回头，直接说道：“不好意思，我们这里今天不营业了。”

来人道：“我不过来咨询，我是找你的，舒宜。”

舒宜站定身子盯着来人，想了许久也没在记忆库里搜到这人，双眸闪过疑惑。

“你不记得我了吗，我是许潇啊！”

“许潇？”

许潇是舒宜上学时期的舍友，也是为数不多的朋友。

舒宜闻言，盯着面前人的脸认了半晌，适才不可思议地瞪圆双眼：“天啊，潇潇你也变化太大了。”

以前的许潇长得有些胖，眼睛也不大，脸形偏方。如今再相遇，许潇就像变了个人，一双眼睛又大又圆，下巴尖得能锄地，少了些特色，反而有些像网红，也怪不得舒宜看了好久才认出来。

许潇开心地跑过来，一把抱住舒宜：“哼，但是你可是一点没变，反而越发漂亮了。”

许潇说话声音嗲嗲的，有些气音：“你这个薄情寡义的女子，跟陆时禹分手之后就搞失踪，你知不知道你消失了这么久，我有多担心你！你什么时候回来的北城，为什么也不联系我？要不是今天上午我刚巧碰见张行，都不知道你在这里工作。”

当时和陆时禹分手，正逢舒宜家中突发变故，舒宜便有意无意地和原本的圈子疏远了。

舒宜笑：“这不是见到了嘛。”说着拉上许潇的手，带着人走到休息区，“你坐着等我一下，拖完地我请你吃饭。”

许潇坐在休息区，精致的高跟鞋在地上有一搭没一搭地敲着，隔着休息区的玻璃看外面忙碌拖地的舒宜，没有丝毫要主动帮忙的意思，反而在看不见的地方露出了嘲讽的笑。

长得漂亮又如何，如今还不只是个在整形医院打工的小员工。

“回家吗？”陆时禹拎着袋子从办公室出来，没注意到坐在休息区的许潇，瞧见舒宜时皱眉，“怎么是你在拖地，阮桃他们呢？”

“他们今天约着聚餐，我让他们先走了。”舒宜站直身子敲了敲腰。

“我来吧。”陆时禹面无表情地抢过拖把，把手里的袋子往舒宜手上一递，有些别扭地说，“点咖啡多送了个蛋糕，我不吃甜的，你不吃的话就丢掉。”

点咖啡送蛋糕？

舒宜瞧了眼袋子上的 logo，这家的蛋糕虽然外表精致，但价格相当于四杯星巴克。

舒宜捏紧袋子，垂眼装作自己不知道的样子。

原本在休息区的许潇抬头，瞧见舒宜身边站着个高大的身影。此时对方手里还握着刚刚舒宜拿着的拖把，两人之间的气氛看上去似乎有些暧昧。

男人的背影让许潇生出了熟悉的感觉，她往上提了口气，这人该不会是……

许潇坐不住，拢了拢长发婀娜地走出去，细着嗓子问了声：“舒宜，你都好了吗，我来帮忙吧？”

舒宜答：“不用不用，马上结束了。”

陆时禹敛着眸将地草草拖了一遍，将拖把拿进收储间。许潇在一边双眸变了变，明知故问：“这位是？”

听到问题，舒宜面露尴尬：“那个……陆时禹，你不记得啦？”

“我不记得长相了。”许潇脸颊露出两个小梨窝，踮着脚瞧了眼陆时禹的背影，小声问舒宜，“你又跟他在一起啦？”

“没有。”舒宜也不知该怎么解释两人的关系，含糊说，“就是我现在在这边工作，他算是我老板吧。”

许潇这才知道原来这家整形医院是陆时禹开的，心思转了七八个弯。

这边陆时禹已经都收整好，舒宜把男人唤过来：“陆时禹，我今天不跟你一路回去了。许潇来了，我跟她出去吃个便饭。”

许潇？

陆时禹清淡的眼神落在许潇身上。

许潇被陆时禹直视着，心跳得快要蹦出心室，但还不忘嘴角上扬呈现出最完美的表情。

陆时禹抿唇似是在思索，适才回忆起当年高中的时候，舒宜身边似乎的确有个跟屁虫叫许潇。

原本陆时禹准备了晚餐，如今被人半路打扰有些不高兴，但还是尊重舒宜的意愿，点了点头：“不要太晚回来，结束告诉我，我去接你，现在还不安全。”

“知道了，那我们先走啦。”说完，舒宜挎着许潇的胳膊跑了出去。

“你们俩怎么感觉怪怪的，真的没复合吗？”出来之后，许潇开始逼问。

“当然没有。”舒宜惊叫。

“最好没有，你可别忘了当初他怎么说你的。”许潇冷哼，“你不记得，我可还记着呢。”

也不知是否是错觉，舒宜总觉得许潇特别在意自己和陆时禹的关系。

舒宜不太喜欢有人插手自己的事，但想着许潇是好意，还是回道：“我当然记得，不会在一起的。”

“那就好，我就是怕你在一个地方受两次伤。”许潇见舒宜似乎不太想聊这个话题，也没纠缠，笑着拽了拽舒宜，“好啦好啦，我们两个这都几年没见了，才不聊这些臭男人，我们吃好吃的去！”

两个人多年没见，如今重逢有聊不完的话题，直到舒宜扣在桌子上的手机开始振动，舒宜才发现两人居然已经聊到了自己平时睡觉的时间。

但许潇显然还在兴头上，一直在和她回忆高中过往，舒宜也不好意思打断，上了一天班现在精神也慢慢倦了起来。

正当不知如何结束时，陆时禹的电话打了进来。

看见来电人，舒宜先是有些心虚，看了眼许潇说了句抱歉，起身走到外面才接通电话。

“还没结束吗？”陆时禹问。

“快了吧。”舒宜打了个哈欠。

“困了？”陆时禹应该是刚喝过水，声音还带着沙哑，语气故意装得有些凶，“让你这个没眼力见儿的朋友赶紧结束聚餐，放你回家睡觉。”

舒宜笑，也不知为什么刚刚和许潇聊天的时候总觉得有点累，如今陆时禹打电话来反而情绪松懈了些。

“什么没眼力见儿，你才没眼力见儿。”

陆时禹不争辩：“给我发个定位，我现在过来接你。”

“不用，我一会儿打车回去。”

“没看社会新闻吗，晚上坐出租车不安全。”

经历过李青的事情之后，陆时禹如今可以用草木皆兵来形容，“不安全”都要变成这人的口头禅了。舒宜想了想还是接受了陆时禹的好意，发了一个餐厅附近的定位给陆时禹，这才进去和许潇道别。

临走的时候，许潇提出隔天再聚的邀请，舒宜觉得自己难得遇到多年没见的好友，也没推拒应了下来。

等到确认许潇离开后，舒宜才走到给陆时禹发的定位地点。

停在路边的黑色车朝着舒宜按了两下喇叭，舒宜跑过去。车上，陆时禹穿着亚麻色的居家服，应该是在家看书临时出来，脸上还戴着平光镜。

“怎么脸这么臭，别告诉我你现在是在闹觉。”舒宜挑眉，系好安全带，“先说好，这可是你主动来接我的，不是我胁迫你的。”

说什么闹觉，陆时禹忍不住抬手敲了敲舒宜的额头：“我就这么见不得人，生怕你朋友知道我来接你？”

舒宜反应了一瞬，才明白陆时禹生气的点，咧了咧嘴：“不是，就是觉得尴尬，她知道你是我前男友。”

“那有什么尴尬的？”陆时禹哼了声，重新启动汽车，“离婚还能复婚呢，分手怎么就不能复合了？还有，以后别老说我是前男友，明明我当时没答应。”

舒宜懒得跟这人争辩，调低座椅伸了个懒腰，担心自己会睡着，便有一搭没一搭跟陆时禹聊天分散注意力。

“你还记得许潇吗？”

“不记得。”

“可是她说是因为张行才知道我在这里上班的，你不是跟张行关系很好吗，他没跟你提过这个人啊？”

“没有，我们不聊这些。”

陆时禹跟舒宜分手后，所有有关舒宜的话题都是禁忌，张行自然也不会跟陆时禹汇报许潇的事。

倒是陆时禹挑了挑眉：“你不是说自己不认识张行，之前张行得罪过你？”

舒宜“嗯”了声，似假还真地说了句：“得罪过。”

然后也不等陆时禹再问，她闭眼拒绝沟通：“到了告诉我。”

昨天陆时禹单方面决定将舒宜调回到自己身边担任助理，大抵是担心舒宜会再次拒绝，今天特意把合同拿出来，将“服从院内岗位调配”一句话勾画了出来。舒宜不得不口头应了一下，原以为也没什么要紧的事，结果当天下午陆时禹就把舒宜带出了门。

“今天是专家会诊，主要是带你熟悉一下医院的领导，以后这边的业务就由你负责对接，将病历信息整合之后给我。”

舒宜现在才知道，原来陆时禹除了创办了“悦己”整形医院，还是几家综合性医院的面容修复学科的专家，而综合性医院的手术难度和复杂程度远远超过她的想象。

一路上，舒宜的心情都有些沉重，这一次对陆时禹的认识也更多了。以前她一直认为陆时禹这个人感情淡薄，没有什么同情心，但今天看到了另一面的他。或许在外人看来，他只是一位整形医生，可是他又不仅仅是整形医生。

他的面容修复术，能帮助很多真正陷入困境的家庭。

“你怎么会想到做这行的？我是指整形，还有面容修复。”舒宜顿了顿，“我以为你会成为外科手术医生。”

毕竟在很多人看来，救死扶伤的医生更具有社会地位。

“但是你之前和我说，你以后的愿望就是整容换掉你的皮囊，让我去做整形医生的，记得吗？”

舒宜愣住，转头盯着陆时禹。

陆时禹说的，是高考后的那天。

当时他刚收到北城大学医学院的录取通知书，舒宜拉着陆时禹出门庆贺，晚上，她喝了酒，抱着陆时禹一直流泪。说了什么她已经记不清了，她只记得自己似乎反复重复：“陆时禹，你以后当整形医生吧，给我整容，我不想要这张脸了。陆时禹，你以后就给我整容吧……”

舒宜震惊得说不出话来，她想过无数个答案，唯独没想过会得到这个回答。

“可、可那只是酒后之言啊。”舒宜道。

“是啊，很傻吧。”陆时禹笑得云淡风轻，“但你也是酒后和我告白的。”

舒宜说的每句话，陆时禹都当真了。

回到“悦己”，舒宜还是没能从震惊中缓过神来，整个人都沉浸在陆时禹说的话中。

他说他是因为自己才选择的整形行业，他记得自己曾经说过的每一句话，那么在过去的那段感情中，陆时禹是否动过真情。

不可否认的是，这一刻舒宜迷茫了。曾经坚信陆时禹是个渣男的信念开始瓦解，她是不是真的……误会对方了？

“舒宜，你可回来了！”一声娇吼，把舒宜拉回现实。

随后一个身影扑过来，声音满是委屈：“你去哪里了，我等你好久了。”

舒宜有些惊讶地问：“潇潇，你怎么来这么早？”

许潇跟昨天相比，明显精心打扮了一番，头发高高扎起，只留了两绺在颊边，眼睛上贴着亮晶晶的亮片，身上穿了条白色的公主裙，看上去端庄可爱。

许潇没注意听舒宜的问话，仿佛受到了天大的委屈，急着抱怨：“你们这里店员的素质太差了吧。”

“怎么了？”舒宜奇怪，看了眼坐在前台的阮桃，脸也气得红扑扑的。

“就她！”许潇指着阮桃，“我一来就给我介绍整形项目，你说就我这脸用得着整吗，这不是摆明了说我长得丑吗？”

阮桃也不知道许潇是舒宜的朋友，见有人进来就以为是来咨询整形业务的，结果将人客气地请进咨询室开始介绍的时候，许潇居然生气了，觉得阮桃在嘲讽她。

“这张脸可不就是整的吗？双眼皮是割的，鼻子是垫的，下巴是磨的，苹果肌是打的。”阮桃被骂了一通心里不服气，小声说着，“而且一看医生水平就很一般，整成了大众网红脸，有什么可拽的。”

“你嘟囔什么呢！”许潇声音尖尖的，有些刺耳。

舒宜耳朵尖，听到阮桃的吐槽哭笑不得，也不知道要怎么哄，这时陆时禹停好车走进来。

原本还满脸不满的许潇立刻变了面孔，大方地迎上去：“陆时禹，今天晚上有没有时间一起吃顿饭？”

陆时禹停下脚步，满脸不解地看了眼舒宜。舒宜也迷糊，想着许潇今天不是约了自己，怎么现在又叫了陆时禹？

许潇手里捏着红色的小皮包，笑得单纯：“今天是我生日，约了舒宜和几个朋友一起聚聚，张行也在，你有时间一起参加啊。”

“今天是你生日？”舒宜根本不知道许潇生日，更别提原来今天晚上还有别的人。

“昨天我不是和你讲了嘛，你不会忘了吧。”许潇瞪着眼睛，一副你一点也不把我放在心里的样子。

舒宜确定许潇没有和自己讲过这种话，她很讨厌参加这种群体聚会，如果提前知晓，她可能会选择私下送一份礼物了事。但如今许潇先斩后奏，还露出这样的表情，仿佛她不答应就是天大的罪人般，若是旁人就算了，可偏偏许潇是自己过去的好友，鉴于这层关系，她很难拒绝。

舒宜最后还是应了，但心里对许潇这种道德绑架式的邀约有些介意。

许潇没有开车，一直等到舒宜和陆时禹下班才跟着一起离开。

上车的时候，舒宜犹豫了下，原本想和许潇一起坐在后面，却被已经坐上主驾驶的陆时禹拦住：“真当我是司机了？”

舒宜人还没动，就被许潇抢了先：“舒宜可能不认识路，不然我坐前面吧。”

陆时禹不着痕迹地皱了皱眉。舒宜心里有些不是滋味，但也没争抢：“那就让潇潇在前面指路吧。”

正逢晚高峰，原本不远的路硬是被堵得水泄不通。

陆时禹跟舒宜本就不是话多的人，两人平时搭伴回家就算不讲话也不显尴尬，但如今多了个许潇，打乱了以往两人相处的模式。许潇坐在前面不停问陆时禹问题，就像一只聒噪的鸟。

透过后视镜，陆时禹瞧了一眼后座的姑娘。舒宜此时面无表情，一双杏眼望着窗外的人群，仿佛游离于整座城之外。陆时禹也不知怎么心里生出烦闷，又逢红灯，他停稳车扭头：“许潇。”

许潇住嘴，嘴角上扬地看着陆时禹，结果这人面无表情地说道：“你现在很吵。”

一句话，连车内的空气都安静了。

舒宜不用看，都知道许潇现在的表情一定很精彩。

虽然许潇是她的朋友，但不可否认这一刻她心情有些暗爽，陆时禹也算是说了她一直憋着没好意思讲出的话。

晚上，许潇选了一家音乐餐厅，订了独立包厢，既可以唱歌又能吃饭，算是年轻人经常聚会的地方。

只可惜舒宜虽然长了一张很爱玩的脸，但实际上是从不涉猎任何娱乐场所的乖宝宝。嘈杂的环境让她蹙了蹙眉，原本以为这就是最糟的情况了，没想到推开门见到了十几个高中时熟悉的面孔，她才知道，更糟的来了。

舒宜上学时之所以能和许潇成为朋友，是因为两人之中有一个最大的共同点：人缘差。

不过舒宜是因为长得过于美艳所以被孤立，许潇却是因为当时过于自卑。

舒宜原本就不喜欢跟太多的人打交道，她没想到毕业之后，许潇竟和这么多人有了联系，甚至其中有很多曾经抱团抨击过她们的人。

如今舒宜越发觉得自己跟许潇已经渐行渐远。

毕竟许潇是寿星，当着这么多人的面扭头就走多少有些失风度，舒宜索性找了个角落坐下，权当这世界与她无关。

现场的男人乱了，互相怂恿着上前去搭讪。以前和舒宜同班的一个男人理了理发型，坐到舒宜身边，只是人还没凑近就被陆时禹截住：“不好意思，让一让。”

那男人一愣，下意识地往旁边侧了侧身，结果陆时禹直接很不客气地挤在舒宜跟那人中间。舒宜这才从手机连连看游戏里抬头，有些嫌弃：“挤我干吗？”

陆时禹面无表情：“人多。”

舒宜往另一边蹭了蹭，也没多想低头继续通关。

陆时禹也不在意，低头看着她的手机屏幕，偶尔还动手戳一戳，引来她的嫌弃：“你别捣乱，我没想消这个，简直打乱我的计划！”

从舒宜跟陆时禹进来，两人就是整个房间的焦点。如今大家看见两人亲密的举动皆是一愣，互相交换着眼神，全然不知道这两人什么时候关系这么亲密了。

原本蠢蠢欲动的女同学们见状都有些恼怒，不懂为什么男人都喜欢舒宜。那些歪瓜裂枣的就算了，为什么连陆时禹这样的翩翩君子都对舒宜有好感。

陆时禹看着舒宜手机屏幕上显示了大大的 Game Over 笑了出来，随意问道：“怎么不去找他们聊聊天？”

舒宜输了游戏心气不顺：“请问你会找以前骂你是狐狸精、绿茶的人玩吗？”

陆时禹脸沉了下来：“谁？”

舒宜道：“有什么可生气的，更过分的我都听到过。”

陆时禹抿唇：“待得不舒服就走。”

舒宜却摇头：“还不至于，等许潇过完生日吧。”

许潇见舒宜和陆时禹坐在一起，双眸闪了闪，笑着拿起话筒邀请舒宜唱歌。

舒宜拒绝：“我五音不全，就不献丑了。”

许潇却更加起劲地邀请，还自作主张地点了一首歌。还有男同学站起来鼓掌，闹着让舒宜“来一个”。

有女同学注意到陆时禹靠在一边，没有要插手的样子，以为两人或许不是情侣关系，也放下心来阴阳怪气地道：“你不是跟潇是好朋友吗，怎么连唱个歌都不肯，这么不给我们面子的啊？”

舒宜一向不是什么吃亏的人，陆时禹丝毫不担心她被欺负。

果然，原本还打算忍一忍的舒宜捻了捻手指：“我和你很熟吗，为什么要给这个面子？”她嗤笑，“还是说，你以为你的面子比我好看？”

“你怎么这么说话啊？”那位女同学下不来台，脸一下就红了，“你傲什么傲，长得漂亮有什么了不起。”

“都是我的错，不该逼舒宜的。”许潇眼睛里头蕴着泪，“舒宜不想唱就不唱了。”

好像她受到了天大的委屈。

几句话，舒宜又成了那个恶人。

舒宜开始反思自己究竟以前为什么会和许潇成为朋友，她感觉在这个空间跟这群人相处呼吸都困难，冷着脸说了句：“我出去一下。”

“舒宜你别走嘛！”许潇追出去。

一群人聚在一起安慰刚刚的女同学，这还是陆时禹第一次瞧见舒宜跟高中时的同学相处的样子。现在都已经是成年人了尚且如此，他不敢想象之前上学的时候，她受到了什么样的对待。

觉得已经没有坐下去的必要了，陆时禹起身，不疾不徐地拎起舒宜的包，走到刚刚和舒宜对呛的女同学身边，说了句：“你说得没错，确实很了不起。”

陆时禹对张行点了点头："帮我和许潇打个招呼，就说我跟舒宜先走了。你们随意玩，今天的账单算我身上。"

等到陆时禹走后，大家才反应过来男人方才是在回答女同学的问题——

"长得漂亮有什么了不起？"

"确实很了不起。"

外头，许潇拽住舒宜道歉："我也没想到你会这么排斥唱歌。你别生我的气。"

舒宜满腔怒火没处发，硬邦邦地回了句："我没生你的气。"

"我就知道你不会这么小气。"许潇破涕为笑，晃着舒宜的手臂撒娇，"马上切蛋糕了，你至少切完蛋糕再回去好不好？"

舒宜实在不想回去，但伸手不打笑脸人。她抿了抿唇还是踱步往回走，心里想着这次之后大概他们也不会有什么交集了，就当是为之前的青春收个尾。

门还没推开，里面的声音先传出来："舒宜跟陆时禹以前在一起过，什么时候的事儿，我们怎么不知道？"

舒宜驻足，拦住打算进去的许潇，饶有兴致地侧耳倾听。

"就高中毕业的时候，不过在一起的时间不长，后来分了。"

"哼，肯定是陆时禹甩的她，就那张小三脸，看着就让人恶心。"

"行了，再说过分了。"张行从头到尾脸色都不好看，将杯子里的酒一饮而尽，"你们知道什么，时禹很在乎舒宜，现在追得紧呢。"

现场有人不信，结果张行激动之下把陆时禹装醉，洗冷水澡故意让自己发烧，花钱自己租房的事儿一股脑全倒了出来。

许潇终于听不下去，直接推开了门：“张行，你胡说八道什么呢？”

张行抬头看见门口的舒宜，就像一盆冷水浇下来，整个人傻了。

许潇冲过去：“舒宜亲口跟我说她不喜欢陆时禹的，当初背地里说跟舒宜只是玩玩而已，不必当真的不就是他吗？要不是因为这个，舒宜跟陆时禹怎么会分手？”

许潇的话比任何辱骂都让舒宜觉得难堪，当初的信任现在变成了一道利剑，在众人面前戳进舒宜的心口，所有人的目光带着了然、嘲讽、同情。她就像被人扒光了身子丢在大街上，只觉得冷和羞耻。

再也听不下去，舒宜挺着脊背离开，步步铿锵。

今天晚上的星星很少，乌云将月亮遮住，整片天空都仿佛被披上了黑沉沉的幕布，遮住了如水的光。

路上的行人三五成群地走着，互相嬉笑着。舒宜没有目的地在人群中穿梭着，找不到方向和终点。穿着高跟鞋的脚隐隐作痛，最后舒宜索性直接脱了鞋，赤着脚踩在坚硬的水泥地上。

身边一对母女经过，女孩看见舒宜跑过来：“姐姐，你的脚流血了。”

舒宜低头，这才发现自己的脚底边缘不知何时被石头划破，她居然丝毫没发现。

女孩的母亲过来，从包里找出了两片创可贴，仿佛过来人般说道："高跟鞋太磨脚了吧，先贴着凑合一下，地面太脏了。"

陌生人的善意让一向坚强的舒宜眼眶湿润，捏紧创可贴，说："谢谢。"

十字路口的车来来往往，这次舒宜觉得自己真的是有些难过了。

Chapter 08...

宜室宜家

在外面绕了很久，回家的时候已经深夜一点多了。

电梯的门才打开，舒宜就被一股强大的力量拽过去，随即整个人撞上了温热的怀抱。陆时禹的声音难得不稳：“去哪里了，怎么到现在才回来？”

男人身上还带着未消退的汗，一向干净清爽的衣服带着夏天的黏腻，抱着舒宜的身子微微战栗，隔着衣服都能听到对方有力而急促的心跳声。

舒宜被对方的动作吓了一跳，手臂无措地在两侧张开："你做什么？"

"先别动，让我抱一下。"陆时禹手臂微微用力，舒宜浑身僵硬得像只木偶。

"你去哪里了，我找了你很久。"不知过了多久，陆时禹终于恢复了冷静，松开她，看到她受伤的双脚，眉头又紧紧蹙起，"怎么弄的？"

聚会上听到的话纷纷扰扰在耳边回响，舒宜瞧着脸上写满紧张的陆时禹，眼神闪过几分不解。陆时禹到底是真的喜欢她，还是演技太好？他的真正目的到底是什么，究竟是想要报被分手之仇，还是真心想复合？

舒宜发现自己始终猜不透陆时禹，无论是以前，还是现在。

头顶的灯闪烁着橘色的光，舒宜刚洗完澡，房间氤氲着一股暖意。

两室一厅的房子被舒宜收拾得干干净净，家里还进行了装饰，露台已经种上郁郁葱葱的花，对比陆时禹刚搬进去还空荡荡的家，这里显得温馨太多。

陆时禹已经恢复了冷静，坐在沙发上抬起舒宜的脚看了一下被磨破的地方："三天两头受伤，你的身体要是会说话，肯定会把你骂得狗血淋头。"

舒宜抱着抱枕，收回雪白的脚缩在沙发上，吹得半干的长发披在脑后，明明什么话都没说，却总是让人容易想入非非。

为舒宜上完药，陆时禹坐直身子：“想要谈谈吗？”

舒宜沉默了一下，拒绝道：“不想。”

舒宜大概猜到陆时禹要说什么，无非就是在生日会上发生的事。当时他虽然不在，但以张行和这人的关系，许潇说的话张行不可能不透露给他。

只是陆时禹今天却好像铁了心要将以前的事说开：“舒宜，不管你相不相信，我对喜欢你，以及和你恋爱这件事是认真的，从来没有任何要玩玩而已的想法。无论是以前，还是现在。”

舒宜眼神闪了闪，张了张嘴却还是没回答，整个人呈现出拒绝沟通的姿态。

“我们分手，我承认我有错。当初没有第一时间问你原因，就这样结束了我们的关系，我不是没有后悔过，只是我也会害怕，也会胆怯，会猜测那样决绝和我说再见的你是不是一点都不在乎我，不爱我。”陆时禹从来没对别人说过这番话，但是在爱情面前，再优秀的人也会患得患失，也会变得没有安全感，这就是人性的弱点。

舒宜的眼睛因为简单的几句话开始泛红，积攒多年的委屈终于喷涌而出：“陆时禹，你敢摸着良心否认你和我在一起不是因为我这张脸？”

陆时禹承认：“我不否认，初次见你确实被你的外貌吸引这件事。”

舒宜没想到陆时禹会真的承认这件事，浑身的刺立刻竖起，只是还未开口便被陆时禹打断：“你先别忙着生气，听我说完。”

陆时禹不疾不徐，舒宜挺着脊背，倒是想听听这人还有什么话可说。

“当年宋玉遇神女，因其淑美而求爱，但又惧神女的欺瞒。你瞧，人就是这样，明明是因对方的美貌而动心，可当对方有了回应，最初动心的点又变成了他所恐惧的。宋玉选择‘收和颜而静志兮，申礼防以自持’，就如同当初的我。”

陆时禹假借神女的典故，含蓄地讲了自己当初对舒宜的情感变化，顿了顿才继续说道：“爱美之心人皆有之，我亦是俗人，你因为我喜欢你的外貌而对我判死刑，这并不公平。”

“说来说去，还不是男人一贯的借口。”舒宜冷笑，“当初的那句‘玩玩而已’难道不是你说的？现在又在我面前装情圣，你是不是真觉得我胸大无脑？”

陆时禹的表情敛了起来：“你觉得我时间很多，多到跟谁都能谈恋爱玩？

“舒宜，我刚才和你说那番话是想让你知道，我喜欢你和你的长相有关，却又无关。外表的惊艳是暂时的，若你觉得当初我们的感情仅限于此，不仅看低了我，更是轻贱了自己。”

所以，那番话，他没说过？

“不可能，许潇亲耳听到……”话说到这儿，舒宜愣了一瞬，大抵也是意识到许潇的话如今想来是不能信的，“况且那日，我也听到你和张行讨论……”

话说到这儿，陆时禹便明了了。之前，张行因为自己重色轻友的行为颇有微词，酒席间也常拿这件事开玩笑，偶尔有言重的时候。他因为这件事也和张行有过嫌隙，后来这群人收敛了不少。

陆时禹问：“你确定是我说的？”

舒宜一愣，竟一时无法回答。

陆时禹叹了口气：“舒宜，因为外人的一句话直接判了我死刑，你可有想过我的委屈？”

“你可有想过我的委屈？”

因为陆时禹的这句话，舒宜整晚都没睡好。

之前她想当然地认为自己是这场感情中的受害者，可真相到底是什么，一时间她竟也有些迷茫了。

许潇拎着水果不请自来，站在门口也不进来，可怜巴巴地望着舒宜，活像之前舒宜欺负过她，所以才满是畏惧一般。

阮桃瞧见许潇，脸上没个好脸色，嘟囔：“这人怎么又来了啊？”

舒宜也瞧见了，许潇的出现又让她想到了昨天的困窘，脸上的笑容沉了沉。

“我今天是来跟你道歉的。”许潇的打扮跟昨天的风格差不多，身上的套裙是小香风，头发高高盘起露出光洁的额头，只是此时表情有些可怜，“你有时间吗，我想跟你谈一谈。”

“舒宜，昨天的事真的对不起。我就是太激动了才会讲出那些话，以前一直都是我们两个关系最好，虽然多年不见，但我们完全没有距离感。”坐在咨询室，许潇满脸真挚，“不管你信不信，昨天我讲的那些话都是无心的，是因为我害怕你又被陆时禹骗了。

他不是真心喜欢你，只是想玩弄你……”

许潇再次提起这件事，让舒宜更加心烦意乱，她没有给对方好脸色，冷眼问道：“是陆时禹和你说的？”

许潇一愣，舒宜继续问：“只是想玩弄我，是陆时禹亲口告诉你的吗？”

“舒宜，你可是我最好的朋友，我不会骗你的啊。”许潇声音尖锐到扭曲，还有几分慌乱，“还是说你们又在一起了？”

许潇的反应引起了舒宜的疑惑，对方如此这般频繁地询问自己和陆时禹的事，究竟是真的出于对自己的担心，还是……

舒宜想到当初自己跟陆时禹在一起的时候，许潇总是嚷嚷着要蹭饭。后来陆时禹不愿意带着许潇，许潇就改为黏着陆时禹的朋友张行，每次跟张行出去，回来都会状似无意地告诉她张行讲了她什么坏话，也因此她对张行的印象非常不好。最后和陆时禹分手，与其说是一时冲动，不如说是积怨已久。

舒宜惊讶，如果许潇喜欢陆时禹，那这一切都能解释得通了。

难道许潇喜欢陆时禹？

喜欢到，连她们之间曾经的友谊都能抛弃吗？

许潇还在说着什么，舒宜怔怔地看着面前的女人，近几天许潇的所作所为都让她觉得那么陌生。

舒宜不是一个喜欢被迫社交的人，她终于垂眸淡淡开口：“许潇，你以后别在我面前提陆时禹了，也……别再来找我了。”

秋天仿佛一夜之间就来了，道路两旁原本枝繁叶茂的树也变得开始枯黄，风一吹，树叶打着卷儿飘下来，整个城市逐渐萧瑟。

许潇离开，舒宜原本挺着的脊背仿佛陡然间失去了力气塌了下来。夜里在宿舍的小座谈会，大扫除结束两人挎着胳膊逛校园，课间跑出去买奶茶……所有的点滴都不合时宜地涌入脑海。不管许潇好或坏，对方都陪着她度过了三年的高中时光，担任过陪伴她走过寂寞的角色，如今这段谈不上友谊的友谊被她亲手斩断，怎么可能一点也不难过。

舒宜陡然间觉得自己有些失败，是她自己将友情和爱情搅得一团乱。

“刚才不是还精神百倍的，怎么人家走了，反而像个战败的公鸡？”

陆时禹不知什么时候出现在舒宜后头，双臂环胸瞧着垂头丧气的姑娘，也不知方才的对话他听见了多少。

舒宜没心情跟陆时禹斗嘴，飞速收敛起表情，抬腿就要往外走，被陆时禹拽了回来。

舒宜奇怪地抬眸，对上陆时禹略显挫败的视线。

“舒宜，你什么时候能不这么倔强？”

所有的难过与伤痛，舒宜似乎已经习惯一个人扛着，这次如此，之前的每一次都如此。即便是在两人交往时，陆时禹都没听过舒宜显露过脆弱，就连上次舒宜险些被李青侵犯，她也是哭过之后便如同没事人一般，再也没提起过。

舒宜似乎从没学会尝试依赖一个人。

陆时禹叹了口气：“是不是我无论做什么，都没办法让你放心依靠？”

空气仿佛凝滞，舒宜听到陆时禹近似呢喃的表白有片刻愣怔，不知如何回复时，齐放莽撞地推开休息室的门：“李青死了，警察打电话请舒宜过去录口供。”

这是舒宜这辈子长这么大，第一次来警察局喝茶。

前一天晚上舒宜没休息好，来到医院就和许潇过招，原本身体就极其疲惫，没想到如今还听到了这么一个重磅消息。饶是心理素质再强大都有些招架不住，太阳穴一跳一跳疼得厉害，坐在审讯室安静得仿佛不存在。

审讯舒宜的警察年纪不大，大概三十岁，下颌刚正、目光坚毅，袖子上挽露出精壮的肌肉，看上去严厉又正气。舒宜看了眼对方衣服上挂着的警官证，周正。

果然人如其名。

“根据尸检结果显示，李青死于半个月前，倒排时间就是在你们报案的两天后。”周正坐在舒宜对面，“其间可曾见过李青，或者与李青相关的人？”

舒宜不想再提这件事，微微蹙眉：“那天的事发经过，之前报警的时候我已经做过笔录，再之后李青就消失了，对于他遇害的消息，我表示遗憾，但坦白讲并不惋惜。不知道今天传唤我的原因，是将我看作了嫌疑人，还是只是单纯地想再次核实信息？如果是前者，您可以和我的律师联系；如果是后者，我并不以为我能提供其余的有效信息。”

“两者皆不是。”周正合上本子，身体前倾，“实际上我们已经锁定了犯罪嫌疑人，找舒小姐来是因为怀疑她很有可能在近期内找到你。”

舒宜不懂这句话的意思：“你说的犯罪嫌疑人是谁，为什么要来找我？”

周正答：“张雪芙。”

舒宜大脑空白了两秒，任她怎么猜，都不会猜到杀害李青的人会是那个怯懦卑微的女人。

“她为什么会来找我？”

“我们去李青的家中寻找线索的时候，发现了两张张雪芙的手术清单。”周正从档案袋里拿出了一摞文件，“并且还发现了这个，这是你吧？”

大脑好像突然间裂开，舒宜身上的汗毛全部竖起：“我的照片？张雪芙怎么会有我的照片？”

周正提醒：“你看右下角的时间。”

舒宜倒吸了口凉气，居然就在三天前，而被偷拍的她居然一无所知。

周正继续道：“所以我们怀疑，张雪芙会来找你。”

回来的路上，舒宜还没从震惊中缓过神来，浑身的力气像被抽干，精神比那日受到李青的伤害时还要疲惫。一想到有人在她不知道的地方盯着她，就觉毛骨悚然。

舒宜对一直在门外等自己的陆时禹说道：“陆时禹，你说我是不是真的错了？”

倘若最初舒宜没有好心地帮张雪芙，后续的事也不会发生在她身上。这几日发生的事让舒宜有些迷茫，不懂为何行善反倒引来了杀身之祸。

“恻隐之心，仁之端也，你又何错之有？倘若受害者都反思自己，反倒是心思不纯正的人不加自省，那谁还会与人为善？”陆时禹将车停稳，没有急着开锁，而是继续说，“舒宜，不要把别人的过错揽在自己身上。无论是李青、张雪芙，还是许潇或是其他的什么人。”

舒宜抿唇不言，眼里却因为这句话添了些泪水，没有人告诉过她自己没有错，一直以来她已经习惯了被指责。

当初，母亲嫁给第二任丈夫，原以为会获得更好的生活，却不想对方对年幼的舒宜生出了不轨之心，舒宜挣扎间将男人的脸划破，母亲发现后虽然离了婚，却反过来咒骂舒宜勾引继父。

后来，越来越多的社会新闻报道女性被骚扰、被潜规则，在不明真相的情况下，舆论都一边倒地反过来责备受害的女性，说她们衣着暴露，说她们不检点。舒宜便更加失望了。

舒宜没有说话的心思，低着头沉浸在自己的世界里。陆时禹不知自己无心的几句话让她回想起了不好记忆，以为她只是担心张雪芙会突然出现，便伸手拍了拍她的头：“别担心，我会和你在一起。”

春秋是整形行业的旺季，最近店里来咨询的客人也明显增多，院里安排的手术更是满满当当。张雪芙的事还没有完全尘埃落定，舒宜心里头就像卡了根鱼刺。

玻璃门被推开，阮桃被一群前来咨询的客人围住，朝着准备上楼查看手术进展的舒宜交代：“舒姐姐，有人来了，你先帮忙接待一下。”

舒宜瞧了眼来人，脸上架着黑色墨镜，还戴着口罩，总觉得身形有些眼熟，但也没多想，毕竟来整形医院的十个人里头有八个都是这样的造型。

“您先在这边坐一下。”舒宜将人带进咨询室，没注意到客人在进门的时候反手将门关上。

舒宜倒了杯茶递过去：“您主要想咨询下什么业务？”

客人却道：“是我。”

客人将眼镜和口罩摘掉。

舒宜僵住：“张雪芙？”

没想到张雪芙会这样明目张胆地走进医院，舒宜这才发现咨询室的门已经被张雪芙反锁，外面都是客人，她贸然挣扎反而会激怒张雪芙。她一边在桌子下给陆时禹发信息，一边镇定地问：“你来做什么？”

“你不用紧张，我是来道谢的。”张雪芙还是那副怯懦的受气小媳妇的样子，“陆医生给我做的手术恢复得很好，现在可以正常出去了。”

舒宜这才注意到张雪芙的双眼伤口已经愈合得差不多了，割的双眼皮消肿后，只留下了两道清浅的疤痕。

如果不是周正提前告知，舒宜肯定不会相信这样柔柔弱弱的一个女子会有杀人的勇气。

一时间，舒宜也不知道说些什么，只是冷淡地点点头说了句：“你的感谢我已经收到了。”

气氛沉默了几秒，陆时禹大概还没有看见短信，舒宜心里有几分焦急。

“我把李青杀了。”张雪芙突然说。

毫无预兆的坦白让舒宜浑身汗毛竖起，下意识地看向门的方向。张雪芙仿佛看出舒宜的心思，说道：“你不用害怕，我从这里离开就会去自首。”

“我性格软弱，委曲求全惯了，总想着能忍就忍，就连你被李青……”张雪芙说到一半哽住，“舒宜，我要跟你道歉。”

“说实话，我很羡慕你的长相，羡慕到嫉妒。我总想着，如果我有你这样的外貌，这辈子很多的苦或许都不用吃了。”

或许是有些话张雪芙在心里憋了太久，没能找到人倾诉，她继续对舒宜说道：“我是被我爸安排嫁给李青的，就是因为长相。”

张雪芙家里还有四个姐妹，当时李青家给的彩礼丰厚，张雪芙的父亲便甩包袱一样将女儿“卖”了。结婚后，李青一直嫌张雪芙不好看，动辄打骂，后来她生了个女儿，李青就很少回家了。

“娃娃心脏不好，我自己又没工作，每次治病的钱都要问李青要。”张雪芙低头抹泪，“我以为只要自己变漂亮，就能让李青回心转意，结果这个人根本没有心……”

舒宜沉默地听着张雪芙的哭诉，一句话都没有回应，也不知在想些什么。

张雪芙还没说完，门就被人从外面踹开，陆时禹犹如索命罗刹般走进来，确认舒宜没事后，对着张雪芙说道：“你怎么敢来？”

“警察都到了吗？”张雪芙出奇地镇定，仰头问陆时禹。

陆时禹皱眉，不懂张雪芙为何会说出这句话。

女人笑了笑：“不管你们信不信我说的，我真的很感激你们，圆了我一个美丽的梦。

“尽管我知道，有的问题不是长相能解决的。”

门外的警车呼啸，周正穿着一身笔挺的警服，脸上带着警察特有的严肃：“舒小姐，今天辛苦了，谢谢你的配合。”

“也辛苦周警官了。”舒宜肩上披着陆时禹的外套，脸色带着不自然的苍白。

“应该做的。”回答完，周正让队友将戴上手铐的张雪芙带上车，原本应离开，但走之前又看了眼神情恍惚的舒宜，还是折返了回来，一字一句地说，“舒小姐以后注意安全，像您这么漂亮的姑娘，应该注意多保护自己。社会危险分子很多，不要随便相信别人说的话。”说完朝着舒宜行了个礼，转身离开。

阮桃就站在舒宜旁边，目睹了两人全程的互动。

等警车离开，阮桃兴奋如少女：“舒姐姐，你不觉得周警官，特别帅吗？这种铁血柔情，试问有几个女人能禁得住？”

阮桃双手不停地给脸颊扇风：“刚刚跟你说的那几句太撩了，

我感觉我要爬墙，不站你和院长的 CP 了，舒姐姐你要不要考虑一下周警官，我觉得特别配！”

“你说跟谁特别配？”陆时禹冷冷的声音传来。

“跟舒姐……院长好！”阮桃立刻噤声，“院长，店内还有客人，我先走了！”说完立刻钻进咨询室。

舒宜忍俊不禁。

陆时禹叹了口气：“你还想整容吗，我们赶快提上日程吧。”

“嗯？”舒宜不懂为何陆时禹会突然说这句话，迷惑不解，“为什么？”

“太漂亮。”陆时禹一本正经道，“竞争对手太多，确实让人放心不下。”

舒宜失笑，一向一板一眼的陆时禹居然还会讲这种话，心情也放松下来：“你这话说得也不无道理，毕竟像周警官这样优秀又帅气，正直又腼腆，最重要的是国家帮我看着不犯错误的人，很容易让人动心。”

舒宜的回答让陆时禹噎住，他挑了挑眉：“不然我们重新谈谈复合的事？”

“我累了，进去休息了。”舒宜逃跑。

晚上，舒宜躺在床上，闭上眼就想到张雪芙今日见自己的场景。诚然，她恨过张雪芙，尤其是在李青想要侮辱她，张雪芙转身跑走的时候。那时候她想果然可怜之人必有可恨之处，可今日她再与张雪芙相见，她却仿佛见到了另外一个人。

张雪芙一直以来把自己的不幸归结为外貌丑陋，期待着能够靠改变外表赢得家人的疼爱、丈夫的关注，她说他们帮她圆了一个梦，而让自己变美，就是张雪芙的梦。

可事实上，改变容貌真的就可以改变她的人生吗？

如今张雪芙已关入监狱，舒宜再也无法找到答案。

想到这个，舒宜不禁有些挫败，再也不想一个人待着，想了想还是拿出手机给陆时禹发了条信息，确认对方没有睡之后翻身下床，随便披了件外套，又顺手拎了两罐啤酒适才走到对面敲门。

这还是两人成为邻居之后，舒宜第一次来陆时禹的房间。此时舒宜不禁感谢陆时禹当初搬过来的决定，至少能够让她在这种时候不是一个人。

陆时禹身上穿着亚麻休闲服，大概是有睡前阅读的习惯，此时男人戴着平光镜，斯文安静。

“打扰了。”舒宜踏入房门，“心情有些不好，不知道你有没有时间陪我喝两杯？”

陆时禹转身从橱柜里拿出两只精致的红酒杯：“深夜拿着酒到男士家里，可不是淑女的举动。”

舒宜挑眉：“所以你要拒绝我吗？”

“当然不是。”陆时禹将杯子放下，调笑道，“刚巧我也不是绅士。”

舒宜不拘小节，赤着脚走进房间盘腿坐在地上，指甲一抠啤酒罐的拉环，无视了陆时禹放在桌子上的杯子，直接仰头喝了一口，发出爽快的“哈”声。

陆时禹拿了个垫子放在她身下，又握了握啤酒罐："喝凉的对女性身体不好，家里有红酒，给你倒半杯红的。"

"这又不是养生趴。"舒宜嫌这人啰唆，挑衅似的又灌了一口，"我就喜欢喝这个。"

皓月当空，远处的高楼灯光璀璨，仿佛炫耀着城市的繁华。

舒宜用皮筋扎起长发，沉默地喝着啤酒，良久问道："陆时禹，你知道我是从什么时候开始喜欢你的吗？"

长相漂亮的女孩总是最先被注意的，高一的时候，军训的教官总喜欢点舒宜出列进行示范。久而久之，班上的女生就开始传教官和她的闲话。

"然后某次训练的时候我中暑了，站军姿的时候晕倒了。教官把我抱到一边休息，结果被人拍了照片上传到了学校贴吧，被好多人讨论，后来学校为了避嫌，索性帮我们换了教官。"

只是，这样的举动却仿佛证实了大家的猜测，舒宜就是从那时候开始成了众矢之的。

"新来的教官似乎觉得我拖累了他的队友，对我有些严厉，总是故意挑我的毛病。"舒宜抱着双腿，将头搁在膝头，"女生们也开始抱团孤立我，这对刚开学下定决心要和大家友好相处的我来说，既冤枉又委屈。"

陆时禹当时和舒宜不在一个班，对女生之间的这种明争暗斗根本不清楚。他微微蹙额："对不起，那时候我什么忙都帮不上。"

"不。"舒宜想到什么笑了，"你帮了我。"

陆时禹不解。

“你不记得了吗，那天中午我因为在踢正步时出错了腿，被教官罚长跑，后来累脱水，是你把我送到医务室的。”舒宜像是在回忆那天的场景，眯了眯眼睛，“还给了我一罐可乐，让我加油。”

经过舒宜的提醒，陆时禹终于对这件事有了印象。

“可我什么都没做。”

“你什么都不需要做，就已经足够我感激了。”

陆时禹愕然，一时间竟说不出话来。女孩成长路上受到的善意太少，每一次都让她倍加珍惜。

身处逆境时的一罐可乐，备受冷眼时的一记微笑，受到攻击时的一句问候……

以前，陆时禹总觉得舒宜太过冷清，他猜想大概长相漂亮的女生多少都是有些脾气的，可今日陆时禹才知道，被冷漠包裹的人，仍旧对这个世界爱得炽热。

Chapter
09...

不一样的陆医生

舒宜仰头又喝了一口啤酒，清淡的麦香混杂着苦味冲入口腔，缓了缓问道：“陆时禹，你做了这么多年的整形医生，能不能告诉我，你觉得一个女人的外表，对她的人生而言究竟意味着什么？”

张雪芙因为外貌而被家人“卖”了出去，丈夫施暴出轨，她一路委曲求全；而自己也因为外貌被家人怨恨，受同学、同事的排挤，还要时不时忍受言语上的调戏和侮辱。

错的，究竟是她们的外貌，还是整个世界？

这一瞬，舒宜迷茫了。

“我很想告诉你，这个世界不是你想的这样。”陆时禹右手捏着啤酒罐，终于知晓舒宜心里积怨已久的恐惧和纠结，“但是很遗憾，以貌取人是人性的弱点，也是本能。”

陆时禹长腿伸直，靠在沙发边缘徐徐开口：“人的大脑倾向于选择最方便的模式评判一个人，于是外貌变成了首选，没有人能避开这个陷阱。”

舒宜嘴边露出嘲讽的笑：“所以我们生下来，就活该被人指指点点。”

“并不尽然。”陆时禹偏头看着舒宜，“且先不说个人审美存在差异以及大多数人外貌都很平庸，重要的是人类的智慧在于学会评判。”

舒宜眨眼，有些不懂陆时禹的话。

陆时禹笑：“比如我对你，一见倾心，但在和你接触后动了真情。”

舒宜觉得自己有些醉了，大脑的反应速度开始变慢，傻乎乎地顺着问了下去：“那如果还有一个和我一样很漂亮的女人出现，你也会同样动心吗？”

陆时禹声音如同低沉的大提琴声：“你应该相信自己，让我动心很难的。”

在这样的夜晚，被一个如此优秀的男人表白，舒宜能察觉自己紧闭的心被轻轻撬开了一道缝隙，无数甜蜜在里面流淌。

舒宜揉着眼睛：“头疼，我想睡了。”

一谈到正经问题她就逃避，陆时禹认命地摇了摇头：“抱你回家。”

舒宜踉跄着站起身子，摸了摸上衣兜，瞬间清醒：“完了，陆时禹，我忘带钥匙了！”

谁能想到自己只是单纯来喝个酒，结果如今变成了要夜宿陆时禹家中。

还好已经洗漱完，舒宜毫不客气地爬上陆时禹的床，抱着男人的枕头，嘴上假兮兮地说：“真是不好意思，今天给你添麻烦了，害你要睡客厅了。”

“如果真的不好意思，我不介意你去睡。”陆时禹轻笑。

听到这话，舒宜立刻扭过头，夹着被子哼唧：“我已经睡着了，听不到你说话了，晚安。”

陆时禹无奈，忍不住伸手用力揪了下舒宜的鼻子，被舒宜嫌弃地拍开。

关门的瞬间，舒宜翻了个身，突然轻声说道：“其实我现在很害怕，怕自己受到的伤害和外貌无关。”

如果自己的委屈、痛苦都不是外貌造成的，那她该拿什么改变这一切？

陆时禹脚步顿住，舒宜背对着陆时禹缩成小小一团，头埋进枕头，轻声说了句：“今天谢谢你。”

早晨醒来的时候，陌生的环境让舒宜有几秒错乱，这才后知后觉回想起来自己昨晚失眠找陆时禹喝酒，结果忘了带钥匙。

床上是淡淡的皂香，混杂着陆时禹身上特有的薄荷香，舒宜感觉此刻的自己浑身都充满了陆时禹的味道。

难得心安。

时隔这么久，她都不能否认陆时禹始终是那个最能给她安全感的人。

也不知是不是昨晚将压在心里的问题一股脑抛了出去，还是因为潜意识还是拿男人当自己人。

又赖了会儿床，舒宜伸着懒腰走出去，陆时禹刚从外面跑完步回来，身上的运动服还没换下。她双臂环胸靠在门框上，对着陆时禹吹了记口哨，调笑道："没想到陆医生的身材不错。"然后顺势伸出魔爪，"过来，让我摸摸有没有肌肉。"

陆时禹看了舒宜一眼，失笑："陆医生的身体也是你随便摸的？"

"对自己的身材不自信啊。"舒宜蹦到沙发上，"白斩鸡？"

陆时禹屈指敲了下舒宜的额头："等你答应我，再给你看。"

舒宜晃荡着脚："我答应你之后才发现你是只中看不中用的白斩鸡，我岂不是很吃亏。"

越说越来劲了。

陆时禹挑眉，弯腰凑到她面前："敢不敢打个赌？"

"赌什么？"

"给你看，如果是的话我答应你个条件，不是的话你答应我复合。"

因为陆时禹突如其来的靠近，舒宜的心蓦地窒住，耳根越来越红，她恼羞成怒地一巴掌将人拍开：“懒得和你讲，快让开，我要洗漱。”说完飞速窜走。

陆时禹双臂环胸，站在原地倒数了三个数，果然女人乖乖跑回来，恼怒伸手：“帮我找个牙刷！”

初秋的风带着干燥的凉意，被太阳照拂的地方暖洋洋的，四处透着秋季特有的倦意。医院里透着午后的安静，外头只有秋蝉偶尔鸣叫。

“最近怎么这么多人？”送走了最后一位客人，舒宜累得扭了扭脖子，瘫在座椅上，伸了个懒腰，“中午要好好睡一觉。”

阮桃神采奕奕：“终于都走了，我要抓紧时间把小说的结局看完。昨天熬到凌晨三点实在撑不住了，今天惦记了一个上午的结局。”

说完，阮桃一屁股坐在凳子上，火急火燎地打开小说。

舒宜凑头看过去：“《霸总夺爱小玫瑰》，这是什么书？”

这个书名听上去就感觉不是什么正经书。

“言情小说啊。”阮桃回答得理直气壮，并且立马来了精气神安利，“这本真的特别好看。里面的男主是个霸道总裁，清冷禁欲，然后女主是个长得特别妖艳的大美人，每天都花式勾引男主。”

故事的人设居然让舒宜滋生出了某种熟悉感，忍不住好奇内容：“你看完了借给我看看。”

好不容易找到了个志同道合之人，阮桃自然欣喜，比画了个“OK”的手势。

现在舒宜虽然也在兼着咨询的工作，但实际上是陆时禹的助理。下午陆时禹安排了一档手术，舒宜看了眼时间估摸着需要提醒一下，便趁着休息时间上楼。

舒宜装模作样地敲了两下办公室的门，也没等里面的人回复直接说道：“陆时禹，附院的手术安排在下午一点半，你是自己开车还是……”

门被推开，办公室内几双眼睛齐刷刷盯住舒宜，要说的话哽在喉咙，她没想到陆时禹办公室中午还有其他人。

“不好意思，打扰了。”

化着淡妆的舒宜眉目如画，神态娇媚，娉婷的姿态叫人看了便移不开目光。

原本坐在陆时禹办公室的人眼睛一亮，打了个手势让摄像师将镜头对准舒宜：“请问您也是‘悦己整形医院’的工作人员吗？”

原本打算退出去的舒宜停住，下意识地看了眼陆时禹，记者便站起身来：“我们是《北城法制第一线》栏目组的记者，昨日张某某在贵院被逮捕，我们过来是想出一期节目访谈。”

“可以问这位小姐几个简单的问题吗？”记者直接将话筒戳在舒宜面前，“不会耽误您太长时间，就几分钟。”

怕被拒绝，记者飞速问道：“昨日张某某的杀夫事件震惊社会，引起了极大的关注。我们从张某某的口中得知，她常年受到丈夫的暴力与压迫，最后采取了过激手段，请问您如何看待这件事？”

舒宜这才了解这群人出现在陆时禹办公室的原因，她凛了凛脸，不想回答与张雪芙有关的任何问题。

“大概情况刚刚已经都讲过了，其余的涉及客人隐私的部分，恕我们无可奉告。”陆时禹起身，大步朝着舒宜走去，身子挡在女孩面前，“实在抱歉，今天就到这里吧。”

“引发张某某杀人动机的居然是一次整容，想问一下身为贵店的女员工，您是否认为张某某爱慕虚荣，是外貌赋予了她杀人的勇气？”

舒宜原本打算送客，结果听到对方的这句话后眯了眯眼，绕过陆时禹直勾勾地盯着面前的记者瞧。

“爱慕虚荣？”舒宜眼尾上挑，带着掩饰不住的讥讽，“你认识她吗？和她有过交集吗？曾经被家暴过吗？有过被歧视的经历吗？平顺健康长大的人，凭什么站在这里对一个根本不了解的人指手画脚、妄加评论？”

“我认为所有的女人都有支配自己外貌的权利，与爱慕虚荣，或者取悦谁都无关。”舒宜往外吐了口气，控制了一下自己的情绪，然后对着镜头说，“酿成张某某悲剧的原因并非表面那么简单，还希望所有的媒体人肩负起社会责任，将这件事的根源对准家庭暴力，为减少女性伤害尽一份力，规避类似悲剧再次发生。

“社会报道不是娱乐八卦，没必要在脸上找原因。”

几个记者离开，办公室恢复了原本的安静。

大概是记者的话戳到了舒宜的痛点，她一时间没能控制好自己的脾气。

舒宜喘了几口粗气，随即才想到自己说出那番话可能造成的后果，有些后悔："对不起，今天冲动了。"

"和我道歉做什么，你只是说了你想说的话。"陆时禹倒了杯茶，挑眉，"现在心情好了？"

舒宜觉得陆时禹这个人很有意思，当初她在咨询的时候故意气走客人，陆时禹也是这样云淡风轻，好像没有什么能激怒他。

"我发现你这个人的心态好像特别好，我很少看见你生气的样子。"舒宜突然特别好奇，"是不是跟学医有关，所以特别注重情绪管理，担心生气死得早？"

闻言，陆时禹一脸无语，深深地看了眼舒宜："是因为我没有把这些放在心上。"

作为一个常年小气包，舒宜顿时来了兴趣："那我也要跟你学习学习，如何让自己的心变得大一点。"

陆时禹开玩笑："你现在心都大到能把我漏出去了，还要学什么。"

这个梗，舒宜接不下去，却又不甘示弱："既然你说什么都没放在心上，那你总该有生气的时候吧，这个总可以说出来让我学习一下吧？"

陆时禹正色，想了想："看着你不爱惜自己身体的时候，有人伤害你的时候，受了委屈自己扛不和我说的时候。还有，把我弄丢的时候。

“我情绪的底线，就是你。”

“啊，你住嘴！”舒宜最听不得这些肉麻的话，搓着手臂怒吼了一声，“肉麻死了，你你你离我远点！”

说完，舒宜推开陆时禹往门外走，出去的瞬间骤然想到什么，回头：“你休想靠这些土味情话动摇我！”

舒宜早就发现陆时禹不对劲了，之前明明挺高冷的一个人，最近说出来的话透露着一股碴子味，她严重怀疑陆时禹买了本《土味情话大全》。

晚上，舒宜闲来无事，洗完了澡在家趴着研究阮桃慎重移交给自己的那本言情小说。原本只是好奇，结果翻了两页就进入了“真香”模式，整个人陷进去了。

到后面舒宜越看越迷惑，文中男主故意装病博同情，先斩后奏见家长，提出什么假扮女友计划，这些情节让她有种似曾相识的感觉，终于在看到文中男主深情地对女主表白“你就是我的底线”的时候，仿佛被一道惊雷劈中。

舒宜猛然坐起，这不就是陆时禹嘛！

难道陆时禹，也看过这本小说？

这个想法雷得舒宜外焦里嫩，她翻回去找证据，果然看到了很多同款土味情话。她实在想象不出来陆时禹戴着金丝框眼镜，一本正经翻看言情小说的样子。

舒宜咬着指甲，晃着脑袋又往后翻了一页，突然灯闪了两下，她抬头的瞬间，灯彻底熄灭，房间陷入黑暗。

停电了？

不会这么倒霉吧！

外面的天阴沉得厉害，月光被乌云遮盖，房间内黑得伸手不见五指，舒宜第一个反应就是找手机给陆时禹打电话。直到男人低沉的声音在那端响起，舒宜才后知后觉自己这一系列的动作好像做得过于自然。

她从什么时候开始如此依赖陆时禹了？

听到电话接通，另一端却迟迟没有声音，陆时禹皱眉，看了眼显示仍在通话中的显示屏："在听吗？"

舒宜如梦初醒："陆时禹，你家停电了吗？"

"没有。"陆时禹顿了一秒，"我现在过来。"

昏暗的环境让舒宜变得很没有安全感，点开手机的电筒，舒宜赤着脚跑到客厅大门等待着陆时禹。

门打开，陆时禹走进来，房间内一片漆黑，只有微弱的灯光闪烁。

舒宜大概才刚刚洗漱完，还未完全干的长发披散在肩膀上，身上穿着一件简单的吊带真丝睡衣，真丝裙完全勾勒出傲人的身材，裙摆堪堪遮住臀部，露出一双笔直修长的双腿。偏偏她还没意识到自己此时多么撩人，一把抓住陆时禹的胳膊："怎么回事啊，是没电费了吗？"

陆时禹双眸深了深，礼貌地越过她："我先去外面看一下电箱。"

舒宜不敢自己留在原地，亦步亦趋地跟在他后面，被他挡住：

“留在屋里帮我看一下是不是有电。”

舒宜只能留在原地，蹲在门口像一只可怜兮兮的小狗，眼巴巴地等着陆时禹。

原地等待了几分钟，房间瞬间恢复了光亮，陆时禹从外面走过来：“跳闸了，可能是插座短路，今天先坚持下，明天找电工来修。”

“我觉得自己跟这个房子气场不和，不是被锁到门外，就是电路短路。”话音刚落，仿佛要印证舒宜的话一样，房间再次陷入漆黑。

“明天找人来修吧，硬掰电路会有危险。”陆时禹虚咳一声，“最近天气很热，不然去我那边住一晚？”

天气确实热得厉害，空调断了才不过半个小时，舒宜的长发就已经黏在后背，整个人都不舒服。

她叹了口气，大概也只能这样了。

才踏进陆时禹的房间，一股清凉扑面而来，舒宜甩了甩半干的长发，双臂上抬扎着头发，原本就很短的睡裙此时往上抬了抬。陆时禹瞥了一眼她笔直的长腿，没有说话。

一回生二回熟，舒宜自己到冰箱里拿了瓶冰水“咕咚咕咚”喝起来：“终于活过来了！”

“傻站着干吗呢？”舒宜放下杯子，瞧见陆时禹靠在门框上瞧着自己，觉得这人眼神有点奇怪。

陆时禹挑了挑眉：“欣赏美景。”

舒宜沉默了两秒，低头才发现最近天气热，自己在家就穿了最舒服的睡衣。平时自己在家不觉得，可如今丝滑冰凉的触感配上陆时禹的眼神，陡然让她有种自己什么都没穿的错觉。

实际上舒宜穿的也不过是女孩子夏天经常穿的连衣裙，只不过舒宜的身材太好了，身如风柳，眼光如醉，面乏桃花，颦蹙都带着撩人的风情。

脸上的温度开始逐渐升高，舒宜故作镇定，抬着高傲的下巴：“怎么，没见女人这样穿过？”

陆时禹双眸深了深，“呵”了一声走去给她铺床。

舒宜以为自己获胜了，咧着嘴跟在陆时禹后面，突然想到自己的小说还没看完，眼睛转了转，趁着陆时禹不注意跑到半开着门的书房，两道视线如鹰隼般搜寻，终于在一堆文件中看到了一抹粉嫩的书边，封面赫然写着“霸总夺爱小玫瑰”几个大字。

果然！

舒宜做贼心虚地看了眼门的方向，确认陆时禹没过来飞速翻开，里面居然做了密密麻麻的笔记，甚至还有马克笔勾勒的重点。

一时间，舒宜居然还有些分不清自己拿的究竟是本言情小说，还是什么专业类的工具书。

“在看什么？”

舒宜吓了一跳，书掉在地上，她“我我我”了半天也没能憋出一个理由，随即后知后觉地意识到，看言情小说学习的又不是她，她尴尬个什么劲儿！

再次挺直腰板，舒宜把书拿起来：“陆医生，这就是你每天苦心钻研的书？没想到表面上冷若冰霜，私下里还有一颗少女心。”

说着，舒宜“啧啧”了两声：“让我看看你都做了什么笔记，男人慢慢撩起她的下巴，说道：‘你是我的女人。’”

舒宜忍不住吐槽：“陆医生，这句话有必要画横线吗？”

她瞄到旁边的小字：“哟，还有情感分析呢，这句话体现了男主的深情和霸道，以后……”

还未说完，陆时禹如同一只迅猛的豹子拽住舒宜的手腕，书再次掉在地上，舒宜整个人被男人压在沙发上。

舒宜还没停止笑意：“陆时禹，你别恼羞成怒啊，喜欢看这些不丢人，你放心，我会帮你保守秘密的！”

没得到回应，她抬头对上陆时禹变得深沉的视线。

感受到气氛的变化，舒宜的笑容僵在脸上，身子动了动：“陆时禹放开我，你压疼我了。”

“别动。”陆时禹握住舒宜的双手，直接将手臂压在头顶的位置，“现在知道怕了？知不知道在男人家里，挑衅是禁忌？”

陆时禹的唇越压越低，声音带出的气息喷到耳畔：“刚刚说我什么，少女心？”

舒宜浑身的汗毛立即奓起，脚趾蜷缩，连声音都变了音调，立刻道歉：“我错了！”

陆时禹却不打算放过她：“错哪儿了？”

此时的舒宜就如同刀俎下的鱼，动弹不得，一颗心跳得快要呕吐。她不敢看陆时禹，紧紧闭着眼：“不该这么说你！”

陆时禹忍笑问道：“下次还敢不敢了？”

好汉不吃眼前亏，舒宜立刻摇头：“绝对不了！”

身下的女人柔若无骨，陆时禹覆在她身上，能感受到身体每一个部分的契合。她身上散发着沐浴后的香气，睫毛微微颤抖，原本只是想吓吓“放肆”的姑娘，没想到自己陡然间被摄去了心魂，竟不想放开对方。

陆时禹久久没有松开她，舒宜睁开眼，发现陆时禹盯着自己的脸神情专注，如果方才还带着些玩笑性质，此刻饶是迟钝的她都感受到了对方炽热的情感。

应该推开他的。

可是舒宜一句话说不出来，像是被吸了磁铁，两道视线交织在一起，舒宜仿佛能听到电流噼里啪啦碰撞的声音。

“我想吻你，可以吗？”

陆时禹的声音如钟如鼓，声声敲在舒宜心上。

只是这种话问出来，让舒宜如何回答，所有的气氛都被这人破坏。

舒宜推拒：“不可……”

话被堵在了唇齿间，陆时禹的吻霸道强势，与他平日淡然的行事风格截然不同，舒宜仰着头慢慢适应了对方的节奏，不知何时恢复自由的双臂钩上了男人的脖颈，享受着这个带着薄荷清凉的吻。

陆时禹最先抽离出来，呼吸粗重。

舒宜看向陆时禹的眼神带着迷茫，嘴角红彤彤的，他伸手捂住她的眼睛：“别看我。”

两个人的身子完全重叠，舒宜此时感受到了对方的身体变化，意识到什么的脸腾地变红："陆时禹你能不能不要这么，这么……"憋了半天说了句，"色情！"

陆时禹笑出声，胸膛一起一伏："我要是不色情，你才应该担心。"说着松开她。

恢复自由的舒宜像兔子一样蹿回陆时禹的房间，完全忘了孤独寂寞躺在地板上的那本书。

她和陆时禹接吻了！

舒宜整个人躁动到安静不下来，用力敲了敲跳动异常迅猛的心脏，对自己生气：跳什么跳，又不是以前没亲过，有什么好紧张的！

话是这么说，但之前恋爱时年纪小又容易害羞，都是蜻蜓点水的吻，从没有像今天这般，更像热恋成人之间的吻。

舒宜感觉整个人都是乱的，开始想着她最初再次靠近陆时禹是因为什么。对了，是打碎了古董花瓶，还想暗中给这人搞点事情，结果怎么慢慢把自己搭进去了！

舒宜开始认真思考之后要以什么样的态度面对陆时禹，是装失忆，还是和陆时禹确定关系？

但是她现在不确定，自己真的有再来一次的勇气吗？

舒宜烦躁地在床上蹬腿。

门被人叩了两声，舒宜条件反射地定在床上，听到外边那人略显故意的声音："书还看不看了？"

回答陆时禹的，是一只拖鞋砸门的声音。

隔天起床，两个人都不约而同地没有提起昨晚的那个吻，这让舒宜松了口气的同时，还带着淡淡的失落，只是她不愿意追问自己这份失落意味着什么。

陆时禹找了电工，上午舒宜请了半天假没有上班，打算赖床享受偷来的半日闲，结果一通电话打破清晨的宁静，来电人是阮桃，对方的声音有些激动："舒宜姐，你上热搜了！"

事情还要从电视台前来访问说起。

大概是因为舒宜的外貌过于优秀，那天电视台记者采访舒宜的视频被节目组直接剪了进去。播出当天，那档法制节目在舒宜出现的时间段创下了最高收视率，其中对"爱慕虚荣"问题的回答更是直接将舒宜送上了热搜。

悦己整形 ## 北城法制第一线 ## 媒体人责任 # 等关键词齐刷刷出现在首页，戳进去里面的内容无一例外全都是舒宜的截图。

"现在咨询师长相要求都这么高了吗，这是某个刚出道的明星整容被偷拍吧，翻车了翻车了。"

"一分钟之内，我要这个女人的全部信息！"

"五官都长在了我的审美点上，真的是绝了。"

上面清一色的都在赞叹舒宜的神级颜值。

当事人舒宜却丝毫没有欣喜的感觉，瞧着一条条评论仿佛遭了巨大的人生挫折，一张好看的脸皱成一团，整个人陷入绝望。

"陆时禹，我完了。"突然，舒宜恶狠狠地盯住陆时禹，"都怪你，现在全国人民都知道我长什么样了，如果我要是整容岂不是大家都知道了！”

无辜躺枪的陆时禹哭笑不得，没想到舒宜现在还惦记着整容的事，开玩笑道：“那不是刚好，顺便为我们院做广告。”

舒宜生气：“居然现在还想着赚钱，你还真是凭本事单身。”

陆时禹笑：“和你开玩笑的。”

他想到什么脸色沉了沉：“我事先要过他们的成片，那版是没有你的，也就是说，节目组是在播放前临时加入了你的部分。《北城法治第一线》节目最近收视率不高，较高的关注度对提升他们的影响力很有帮助，而你出色的外貌和极具话题的发言应该就是他们最后决定把你加进去的原因。”

他顿了顿：“我可以先联系朋友把你的热搜撤掉，电视台直播的部分应该没办法变动，但网络平台重放的部分可以进行二次剪掉。”

“那岂不是很麻烦。”舒宜叹了口气，皱眉道，“算了，反正网友都是金鱼记忆，说不准明天就忘了。”

事实证明，舒宜显然低估了自己的外貌以及网友对美丽的向往。

从节目播出之后，舒宜的照片就开始在网上流传，其间陆陆续续有一些曾经在悦己见过舒宜的网友分享自己拍到的照片：“见过本人，真人漂亮一万倍。”

随后还有人找到了舒宜的真实信息，很快，带着舒宜本名的话题堂而皇之地冲上了热搜，热度甚至压过了当红流量明星，话题后面被冠上了荣耀之“爆”。

齐放坐在陆时禹办公室里，一脸兴奋地按着手机，实时播报情况：“舒妹妹，现在网友自发成立了你的后援团，正在发起话题要 pick（选）你出道。”

舒宜无语：“这群人怎么这么闲啊，从小到大我见过的星探比他们吃过的盐都多，用得着他们 pick 我？”

这种话，大概也只有舒宜能说出来。

“依我看，你就顺应民情出道算了。”齐放跷着二郎腿，一边给舒宜打 call 一边优哉游哉地说，“刚好我认识一些导演，给你牵线安排几个电视剧，到时候你就是娱乐圈的保送生。”

齐放偷瞄了眼陆时禹，把舒宜拽到一边低声说：“你想想娱乐圈这些女明星整容、微调、保养需求量多大啊，你多接触接触，届时我出去单干，你我里应外合，利润三七分。”

想得倒是挺美，舒宜朝着齐放皮笑肉不笑地弯了弯嘴角，随即大声说道：“陆时禹，你们医院的副院长想踹开你单干。”

齐放：“？”最毒妇人心！

陆时禹斜着眼看了眼齐放：“你现在就可以走，没人拦着你。”

齐放：“！”我不是，我没有。

舒宜焦头烂额也没想出个解决的对策，阮桃“咚咚咚”从楼下跑上来：“不好了，现在门口聚了一帮人，乌泱泱的，说是要来做什么咨询，其实都是来看舒姐姐的。”

闻言，舒宜从窗户往下瞧，门口果然聚了一帮年轻人，她嘴角抽了抽：“他们这是把我当猴儿看了？”

陆时禹没想到事情会脱缰到这个地步，按了按眉心：“把下面的人都拒绝掉，就说我们是会员制不接散单。”

齐放闻言痛心疾首，满脸惋惜地背着手走出去：“有钱都不赚，真是作孽！”

天色渐暗，舒宜脸上戴着硕大的口罩，鼻梁上还架着一副墨镜，头发用一块巨大的丝巾罩住，鬼鬼祟祟地站在医院门口张望。确认没有人后，她急慌慌地瞧了眼慢悠悠走过来的陆时禹：“你倒是动作快点啊。”

“你这副装扮是准备带着我去偷地雷？”陆时禹被舒宜这副奇葩的装扮逗笑，还顺手揪了揪颜色俗得不行的亮粉色头巾。

“别动，我这不是怕被人认出来嘛！”舒宜瞪眼，重新把头巾包裹严实。

“确实认不出来。”闻言，陆时禹煞有介事地点头，“这么晚了还戴墨镜，隔天‘悦己整形助力社会公益，聘用盲人咨询，支持残障人士再就业’的新闻报道登出，你可能会因此而第二次上热搜。”

“听你乱讲！”舒宜气结，但还是摘下眼镜，没好气地警告，“我现在可是网络红人，对我说话客气点，惹我不高兴在网上曝光你。”

以为周围的人都走了，舒宜笑嘻嘻：“陆时禹，你说要不我就真的趁这次机会去当明星吧，我这张脸似乎在娱乐圈也能找到一席之地。怎么样，你要不要也 pick 我一下？”

“你以为混娱乐圈只要长得好看就够了？”陆时禹抬眸，“等你能真的做到不被恶评影响的时候再说吧。”

两个人说笑着往外走，舒宜的肩膀突然被人拍了拍。还以为是什么粉丝追过来，舒宜连忙用纱巾遮住脸，结果回头看到一个高高大大的男孩站在店门口。

舒宜愣了一瞬，惊道：“淮临，你怎么跑过来了？”

江淮临是舒宜前公司的同事，最初林春娇把她错认成小三，也是男孩打电话提醒的她，两个人关系一直不错。

江淮临瞧见舒宜一愣，随即露出一口小白牙：“师父，多日不见你的装扮越发潮了。”

在前公司，舒宜对江淮临一直很照顾，男孩比她小几岁，当初他进公司就跟在她手下工作，两人既像姐弟又像师徒。

闻言，舒宜才想到头上裹着的粉色纱巾，连忙扯下来丢给陆时禹，还顺便瞪了眼男人，仿佛无声说着“都怪你害我丢人了”。

满脸无辜的陆时禹：“？”

“想我了给我打个电话出去约饭多好，这么热还跑到这边来。”自从来到悦己，舒宜一边忙着学习新工作领域的专业知识，一边又忙着跟陆时禹周旋感情问题，竟都忘记了关心之前的小徒弟，思及此，她还有点内疚。

“最近过得怎么样，有没有升职加薪走上人生巅峰？”

“没有。”江淮临挠了挠头，“我离职了。”

全公司都知道他们两个关系好，听到离职的消息舒宜第一个反应就是对方被自己拖累了，神色一凛："是主动的还是被动的？"

明白舒宜误会了，江淮临赶忙解释："跟你没关系，是我主动辞职的。"

回答出乎舒宜的意料，曹铭这个人虽然人品堪忧，但他的传媒公司在业内小有名气，开出的薪资待遇也可以说在北城算是比较高的，江淮临在那边应该算是不错的选择，没想到居然主动请辞。她关心道："那你现在在哪里工作？"

"这就是我来的目的。"江淮临眼神真挚，"我自己成立了一家小的传媒公司，今天过来就是想诚挚邀请你加入的。"

舒宜本身就是传媒专业出身，毕业后从事的工作大多与新媒体有关，在这一行也积攒了一些人脉。当初从老东家离职，她实际上也并未担心过吃不起饭的问题，毕竟以她在业内这么多年的名声，找工作还是轻而易举的，只是那时候因为欠了陆时禹巨额花瓶费，加上她受够了职场骚扰，综合各方面考量才答应了陆时禹的提议。

"我的公司才刚成立，坦白讲还什么都没有，你是我第一个想到的人。如果你来的话，薪酬待遇我现在也只能按照原来的水平给你，但是我们接单后可以采用分成制度，反正你相信有我的肯定就有你的。"江淮临给了舒宜一摞资料，"里面是公司的全部简介，还有我的信用证明、个人证明，不用担心被我骗了。"

男孩的话让舒宜笑出来，她伸手戳了戳江淮临的头："我们都认识这么久了，你是什么人我还不知道。"

江淮临嘴边荡出两个小梨窝："师父你考虑一下，你如果加入的话，我主外你主内，不需要让你应酬。我是真的想让你来帮我的，你在传媒领域更专业，不是说在这里工作不好，而是我觉得你不应该浪费自己的才华。”

出于教养，陆时禹一直安静地站在一旁等候，直到听到男孩最后一句话，他眉头才紧紧皱在一起，当着老板的面挖人墙脚可还行？

江淮临还约了客户谈生意，和舒宜简单讲了几句就离开了。

舒宜站在原地，望着江淮临离开的方向，也不知在想些什么。她的表情引得陆时禹心生危机感，意识到她对方才那个男孩的提议动心了。

直到江淮临的背影消失不见，舒宜才朝着身后的陆时禹说道："站在这儿干吗？赶紧走啊。”

“现在终于想起我来了？”陆时禹挑眉，“我还以为你们师徒聊未来规划太开心，完全忘了我这个大活人了呢。”

“别动。”舒宜往陆时禹身上嗅了嗅，嬉笑，“怎么一股酸味？”

“呵。”陆时禹面无表情地往旁边站了站，“恕我提醒你，我们可是签了一年的合同，白纸黑字，你在我这儿少工作一天都不行。”

“知道啦，我又没说答应。”舒宜毫不在意地摆了摆手，显然没把陆时禹的话放在心上。

一纸合同束缚不住人身自由，只要舒宜想走，自然有办法离开。

舒宜把江淮临给的资料小心翼翼地折好放进手提包。

陆时禹瞥了眼舒宜的动作，双唇抿成一道直线：“不是说不去，还留着这种东西做什么？”

“我高兴不行吗？”舒宜拍了拍背包，昂首挺胸。

舒宜目前还没离开的想法，但不可否认，江淮临的出现引发了她对自己未来职业规划的思考。

参加工作以来，舒宜在职场上遭受过无数次的潜规则暗示，曹铭事件不过是压倒骆驼的最后一根稻草，直接让她选择了逃避。

陆时禹的整形医院就像是一个巨大的庇护所，偶尔和身为院长的陆时禹斗斗嘴，和性格单纯可爱的同事聊聊天，就连她以往被周围女生所嫉妒的长相都变成了招牌，受到了无数整形咨询人士的钦羡和恭维。

来时舒宜满身伤痕，然而在悦己的这段时间，她发生了太大的变化。

只是，这真的是她想要的生活吗？

这样安稳的日子，她又能坚持多久呢？

另一边，陆时禹那本言情小说都要翻烂了，也没找到可以让准女友踏踏实实留在自己身边的方法，不禁挫败，是自己的魅力不够，还是追求得过于隐晦，亲都亲过了，舒宜怎么还没有要变成自己女朋友的意思？

隔着一堵厚厚的墙，侧身而躺的男女各怀心事。谁都没有注意到一则消息在网上流出，如同一块碎石，惊起了巨大的波浪。

事情的起因是一个名为“周扒皮”的大V博主发出的一条长微博，上面含蓄地指出近日在网络爆红的二字素人现实生活中是一名小三专业户，并且其失业的原因就是因为私生活混乱，曾与前任上司发生不正当关系被其妻子发现。为了证实言论属实，文字下面还配了当初林春娇和舒宜当街厮打的视频截图，配文“原配当街暴打小三”。

一石激起千层浪，曾经争着要pick舒宜出道的网友们立刻倒戈，纷纷发帖痛骂，甚至有人开技术帖分析舒宜是某公司旗下新签约的艺人，这次爆红应该是一次精心的炒作。

舒宜天亮一睁眼，拿起手机便看见有一条新闻推送——“当街被打的小三变身网络白富美，素人爆红的背后竟是……”

现在的新闻标题还挺劲爆。

舒宜打了个哈欠，半眯着眼点进去，看见自己跟林春娇厮打的照片，吓得整个人从床上惊坐而起。

吃瓜吃到自己身上是什么心情？

当事人舒宜表示：很酸爽！

陆时禹来的时候，舒宜正盘着腿坐在沙发上翻看着关于自己的评论，神情严肃的样子仿佛在看什么财政报表。

“这些污言秽语也值得你这么仔细地研究？”

陆时禹早晨接到阮桃的电话，才知道关于舒宜的新闻还有后续，放下电话他便来到舒宜家敲门。原本还想着若是舒宜没看到新闻，他便将这件事藏起来，没收舒宜的手机帮她转移注意力，结果舒宜早就在他之前看见了微博。

“我是在看全民表演变脸。”

评论里面充斥着各种不堪的话，那些言论甚至比她在现实生活中听到的闲言碎语还要恶毒百倍。舒宜以为自己早就练就了金刚不坏之躯，可在巨大的网络信息中，她才知道她还是高估了自己的心理承受能力。

舒宜自虐般地刷着自己的话题，问陆时禹：“昨天他们因为我的脸而喜欢我，今天这群人就又因为只言片语而攻击我，现在的人都这么善变吗？”

大概是受到母亲和周围人言论的影响，她从小便觉得是自己的长相出了问题，而一直以来自己受到的男生的调戏也好，女生的嫉妒也罢，似乎都在不停印证这件事，可到了现在她迷惑了。

“我好像有些分不清究竟什么是真实的，什么是虚假的了。”舒宜觉得自己长久以来的某种执念松动了。或许从张雪芙事件以来她就逐渐动摇，开始意识到一直以来错的根本就不是她，而是那些每天只会评头论足的人。

舒宜一双丹凤眼写满了迷茫：“陆时禹，你说如果这样，我的脸还是原罪吗？”

陆时禹答：“长相是天赐的，你既然生来就没有决定权，又何罪之有？”

这不是他们第一次讨论这个问题，只是舒宜一直不懂：“我无法决定长相，但我一直因为它而饱受攻击，这公平吗？”

“公平不公平，归根结底不过是你不想再听到有关你外表的负面评价罢了，可实际上别人的闲言碎语又有什么所谓呢？”陆时禹把她的手机抢过来，直接把屏幕暗灭，“既然不想听到，那就关掉手机，你看，就是这么简单。”

“舒宜，你活得太累了。”陆时禹矮下身，“一直以来你都在试图满足周围人的某种期待，你的外表、你的魅力、你的能力，根本不需要靠这些评判。自我认同是个很复杂的东西，可是你在建构过程中错误地把它移到外界的审判上，恰恰反映了你缺乏安全感。但安全感这个东西，是自己给的。”

舒宜被陆时禹这番话说得愣了神，藏在内心的某些痛点被戳中。安全感啊，原来她一直没有的，是安全感。

不习惯展示脆弱，舒宜吸了吸鼻子：“不知道什么时候陆医生改行做心理学家了，这种话术不知道骗了多少个小姑娘。”

“那要看那个小姑娘愿不愿意让我骗。”

“可惜我自带防骗系统，骗不到。”

气氛被三言两语带动得轻松起来，陆时禹见姑娘心情好多了，松了口气：“收拾收拾东西，这几天不上班了，老板我大发慈悲带你出去散散心！”

Chapter
10...

王子的
红玫瑰

阴雨连绵了几日，难得有好天气。

远方飘着大朵大朵的云，接连的雨水将天空冲刷得异常干净。宣宁是距离北城百余公里的县城，以巍峨雄壮的宣山著名。

陆时禹在山间订了几间民宿，算是帮舒宜安排了一场“遁世之旅”。

“舒妹妹，托了你的福，这还是我们医院成立三年来第一次团建。”

齐放坐在副驾驶上，把薯片丢到嘴里，咬得咯吱作响：“不过我能不能提议，下次不要选这种鸟不拉屎的深山老林，可以在市里找个地方‘动次打次’一下。”

“哼，齐院长真俗。”阮桃坐在后面，鼻子发出气音，“怪不得每次给美女做完手术都会加对方的微信，原来是想约着一起蹦迪。”

闻言，齐放的小卷毛立刻竖起来几根：“可别污蔑我，我哪里每次都加微信了，昨天那个姑娘是疤痕体质，后期护理可能有问题，这才问我要了号码，结果就被你揪住了。”

“都是男人的借口。”阮桃两颗眼珠子圆滚滚的，生起气来整个脸鼓成了河豚，还真的像一颗小水蜜桃。

听着两个人斗嘴，舒宜怎么听怎么觉得奇怪，戳了戳坐在一旁闭目养神的陆时禹，用口型问：“这两个人是什么情况？”

陆时禹瞧着舒宜眼神迷茫，满脸问号：“什么什么情况？”

算了，问也是白问！舒宜瞪了眼钢铁直男，颇为嫌弃：“你怎么傻乎乎的？”

无辜被骂的陆时禹：“？”

三个半小时的车程，其间还有一段盘山公路，舒宜的脸色被车绕得有些苍白，下车的时候身体微晃。

陆时禹走上前去扶住她：“还好吗？”

舒宜摇了摇头表示自己没事，站在原地缓了缓，抬眸便瞧见自己正置身于一片绿色之中。四周是崇山峻岭，云雾环绕仿佛置身仙境，吸一口空气仿佛人都豁达了起来：“这里景色好美。”

舒宜在看风景，陆时禹却在看他的姑娘。

今天她穿了一件牛仔短裤，上面套着一件宽松的方格衬衣，长发盘起扎成丸子头，没有刻意打扮，但比平时多了几分天然的美。

他不禁感慨：“确实很美。”

阮桃也被后半段的车程绕得有些晕，靠在车边才舒缓了些精神，一个庞然大物就直接压上自己的肩膀：“这个车坐得我半条老命都要送出去了，小桃子，先给我倒杯水，然后把我的行李拖到民宿，我得休息休息。”

阮桃：“？”

真是没见过比齐放脸皮还要厚的人！

大抵不是周末，民宿的人很少，他们到的时候天色渐晚，随意吃了口农家菜，陆时禹便约着舒宜到山间走走。

山上寒凉，舒宜加了件外套，心情好，整个人也跟着明亮起来。她随意找了块巨大的石头坐下，夕阳半掩云间，余晖将云海晕染，配上四周的峭壁悬崖，铸成了一幅直击心灵的壮丽景色。

舒宜被面前的场景迷住，久久无法合上嘴，颇有些感慨：“在自然面前，人类是多渺小，这个时候我就觉得自己特别狭隘，在漫长的历史长河中，自己受的那丁点委屈根本不足为奇。”

“自然确实有让人安静下来的魔力，以前我心情不好的时候就喜欢爬山。我曾经一个人在这座山上住过半个月，每天都会探索不同的上山路径，每一条小路我都清楚。”

心情不好的时候就爬山？

舒宜突然想到某部在网络上爆红的悬疑片，开篇便是男主带人爬山将对方推下山的场面，“爬山吗”还成了网络流行语。

舒宜试探地问了句：“那你在这边住的时候，在想什么？”

闻言，陆时禹沉默下来，那段时间他刚刚和舒宜分手。

陆时禹性子淡，他一直觉得离开谁都一样活着，就连舒宜说分手都没加以挽留，只觉得缘分散了便散了，可让他没想到的是，分手后舒宜却犹如魔咒般频繁入梦。就连当时在山上看到最美的日出和日落，都满心是没有在那段时间带他的姑娘看到的遗憾。

“在想你吧。”陆时禹如今看着已经重新坐在他身边的姑娘，总觉得当年的那份遗憾得到了填补。

只是舒宜听到这句话，整个人都不好了。

在想她？

两个人此时的脑回路完全不在一个频道上，舒宜听到陆时禹的回答，默默抓紧身侧的石头：“是想着怎么把我推下去？”

陆时禹：“？”

随即，陆时禹才后知后觉想到那部电视剧，不禁失笑，煞有介事地点了点头说：“没错。”

然后，他飞速扑过来，趁舒宜不注意，拽住她的肩膀作势要往下面丢。

舒宜被他突如其来的动作吓到，大声尖叫，跟着倒在后面的草丛里。

“陆时禹！”舒宜恼怒。

像恶作剧得逞的大男孩一般，陆时禹发出爽朗的笑声，看着身下的姑娘："胆子这么小？"

"我胆子小？要不你坐在悬崖边试试？"

两个人的视线再次碰上，空气立刻变得焦灼缠绵。

陆时禹用手掌将舒宜的眼睛捂住，她巴掌大的脸只露出红唇，水光潋滟，说话的时候牙齿整齐可爱。渐渐地，陆时禹也听不到舒宜在说什么，所有的注意力都被她的唇带走。

男人喉头微动，低语："我又想吻你了。"

舒宜眼前一片黑暗，男人直白的话让她脸颊烫得发红，翘着嘴说了句："可是我还没答应复合。"

"那我就申请先预支未来的吻。"语毕，陆时禹低头吻上那一抹粉红，微微的凉意和薄荷味的清香在唇间停留片刻，蜻蜓点水般，而后离开。

落日已经渐渐沉入山底，在两人沉默的那一刻，弯月爬上树梢，整片天空呈现出浓墨调制的深蓝色彩，仿佛世界都安静了下来。

"你方才问我，住在这里的半个月在想什么？"

陆时禹声音很轻，轻到犹如杨柳吹拂："我在想，如果再给我一次机会，我不会再把你弄丢了。然后将我一路所见过的美景，都带你看个遍。"

舒宜回房间的时候，阮桃正躺在床上刷微博，面色凝重到甚至没听到舒宜开门的声音。

"看什么呢，这么认真？"舒宜问。

“舒……舒宜姐，你什么时候回来的？”阮桃吓到险些从床上滚下去，飞速把手机暗灭，脸上就差刻上“做贼心虚”四个大字。

“怎么这么紧张，在看什么见不得人的东西？”舒宜调侃。

“没……没有啊。”阮桃干笑，看了眼舒宜，见对方仿佛还不知道的样子松了口气，把手机关上，转移话题，“和陆院长约会回来了？”

想到那个吻，舒宜脸又开始发烫，口是心非道：“这算哪门子约会，餐后散步罢了。

“你怎么没出门转转，齐放不是说要去看萤火虫？”

“才不要跟他去。”提到齐放，阮桃嘴噘起来，满是不开心。

舒宜寻思两人应该是吵架了，多问了句“怎么了”，却见阮桃眼眶一红，直接哭了出来。

舒宜吓了一跳，连忙上前安慰，阮桃适才哭哭啼啼地抱怨着齐放的种种“恶行”。

都是一些小事，比如方才阮桃晕车，齐放跟在后面开玩笑让她扛行李，说她力气大一个能顶两个用；还有吃饭的时候，她才刚夹菜，齐放立马就嘴贱地说“小桃子可真能吃”……

“我越来越不喜欢齐院长了，都已经尽量避开他了，可这人阴魂不散，老是盯着我。”阮桃哭完又觉得丢人，委屈巴巴地看着舒宜，“舒姐姐，你说我真的这么差吗？”

他们整形医院的男人情商都这么低吗？

齐放这只小学鸡，明显是对阮桃有好感又不知道怎么表达，才幼稚地靠挑刺吸引对方注意。

只是这种方法逊毙了，舒宜一点也不想帮毫无情商的齐放点破感情，开口道：“才不是，你一点都不胖，我就喜欢你的婴儿肥。”

舒宜突然想到江淮临也是单身，觉着两个人还有些般配，心思一转：“等回去介绍好看的弟弟给你认识。”

阮桃对舒宜的话当了真，隔天跟在舒宜后面一直问江淮临的情况，齐放好几次凑过去想听两人的对话，都被阮桃嫌弃地推开，惹得齐放吐槽：“怎么才出来一天就开始搞小团体，可不能这么没有集体荣誉感。”

舒宜故意道：“我是准备帮阮桃介绍男朋友。”

闻言，齐放整个人都不好了，犹如奓毛的猫：“小桃子才多大就要谈男朋友！”

“我已经成年五六年了，你的话要是让我妈听到，非撕烂你的嘴不可。”阮桃哼了一声，拽着舒宜快走了几步，跟两位男士拉开距离，“舒姐姐我们这边说。”

“你瞧瞧，这都什么态度！”被远远抛在后面的齐放眼睛瞪圆，指着阮桃的手微微发抖，“老陆，这可是你跟舒妹妹和好如初的大好时机，你就这么放任她被小桃子拐跑了？”

陆时禹睨了眼齐放，淡淡一笑，深藏功与名。

行程安排得满满当当，漂流、观星、坐索道、蹦极一个没落下，许久都没这么玩了，舒宜脸上的笑容都没停下。

等到第三天，舒宜终于有些坐不住，问陆时禹：“我们今天还不回去吗？医院已经歇业三天了。”

陆时禹平时的手术安排很满，如今接连几天没工作，舒宜心里就有些内疚，看他不停接打电话，猜测应该压力很大。

“没关系，难得休假，多玩几天。”

“见过一个人休假的，没见过老板带着员工一起休假这么久的。”

就算是带她散心，也没理由歇业这么长时间，甚至连齐放这个贪财鬼都没开口反对。舒宜越想越觉得不对劲，盯着陆时禹的双眼：“你是不是有什么事瞒着我？”

“没有。”陆时禹答。

回答得这么快，果然有蹊跷。

没能从陆时禹嘴里问出答案，舒宜转攻齐放，结果接连几次都被对方四两拨千斤地转移了话题，这不禁让舒宜更加疑惑。

隔天一早，刚起床，舒宜便开始收拾行李，躺在一旁的阮桃瞧见舒宜的动作，果然上钩询问，舒宜假意吃惊道：“齐放没和你说？我们今天返程啊。你怎么还不收拾东西，准备出发了！”

“不会吧！可是不是说要多住些日子，怎么突然要回去？”

“我都已经知道了。”

“你知道什么了？”

“就是瞒着我的那些事儿啊，陆时禹都告诉我了。”

阮桃心思单纯，完全相信了舒宜的话，把手机一丢，声音带了哭腔：“憋住不说真的太累了，好几次看着你我都忍不住想哭，舒姐姐，这群键盘侠实在是太坏了！”

阮桃吸了吸鼻子："陆院长让我们瞒着你，就是怕你把医院的事都揽在自己身上，你别往心里去，也别难过，等这阵风声过了，兴许我们医院就能重新开业了。"

键盘侠、医院重新开业？

舒宜脸色一白，直接拿起阮桃丢在床上的手机，这才发现原来在她断网的这几天里，那个网名为"周扒皮"的博主接连放锤，将矛头对准悦已整形医院，称舒宜的脸正是出自整形医院院长之手，两人在院内更是上演真人版"风流医生俏护士"的戏码。简单的文字，把陆时禹塑造成了色眯眯、经常对客人动手动脚、油腻的中年院长。

如此荒唐的文章却仿佛击中群众八卦的胃口，经过几天的发酵，得到了上万次转载，悦已整形医院连同院长陆时禹被推上风口浪尖，已经被迫暂停营业。

阮桃发现舒宜的脸色越来越白，握住手机的手居然还在微微发抖，心里一沉，这才后知后觉自己被套话了。

想到陆时禹当初的叮嘱，阮桃吓得连哭都不敢哭了，默默移到门口飞速跑出去找齐放通风报信。

陆时禹敲门进来的时候，舒宜已经将东西全都收整好，坐在床上低头看着手机。

舒宜瞧见陆时禹，也不提自己看到新闻这件事，只是说道："今天我们就回北城吧。"

陆时禹已经得知舒宜看到了新的八卦文章，轻声说道："这件事也不是回去就能解决的，只是徒增忧虑罢了。”

舒宜一言不发，也看不出什么情绪，她抬眸看了眼陆时禹：“也行，那你们多玩几天，我叫车先回去，就不和你们一起了。”

说着，舒宜打开手机网络，开始预约车辆。

女孩的动作让陆时禹眉头皱成一团，声音带着不易察觉的烦躁：“你先冷静一下。”

“你觉得我不冷静？”舒宜抬眉，一张精致的脸面无表情，“我现在比任何时候都冷静和理智，不然我怎么可能如此心平气和地和你说话？”

“你现在回去干什么，准备自己解决这件事？好，那你告诉我你的计划。”陆时禹嘴唇抿成一道直线，“是打算在网上公开澄清，还是找到那个造谣的人发律师函警告，或者扒到本人揍一顿。众口铄金，你以为网友会听你的解释？我说过了，现在他们最不关心的就是真相。”

“所以你就让所有人瞒着我，让我像个傻子一样躲在这个地方。”舒宜把背包往床上一砸，“陆时禹，你这么厉害，你去切断他们的信息源啊，让我像个乌龟一样缩着，算什么本事？”

舒宜往外吐了吐气：“从小到大我就没这么窝囊过，欺负我就算了，还牵扯到你们。就算我什么都改变不了，也不能就这样躺平任嘲。”

就像只受到攻击的刺猬，舒宜浑身的刺全部竖起，陆时禹站在原地看了姑娘几秒，转身打开房间的门，就在舒宜猜测陆时禹要干什么的时候，只听“咚咚”两声，门外偷听的阮桃跟齐放双双摔进房间。

阮桃尴尬地笑了笑，一旁的齐放丝毫不见羞赧，从地上爬起来拍了拍裤脚：“刚想敲门，老陆就把门打开了，你说巧不巧？”

陆时禹冷眼扫了下齐放，对方摸了摸鼻子说道：“既然舒宜已经知道了，那我也得表明一下立场，这件事我站咱们舒妹妹。”

“此事关系到悦己整形的存亡，我想我也有资格参与讨论。”齐放不顾尴尬的气氛，一屁股坐在床上，冲着站在门口憋红了脸的阮桃挥手，“来来来，小桃子坐在这儿一块儿听听。”

被齐放猛如虎的操作一搅，方才剑拔弩张的气氛竟也消退了大半。

“我一人做事一人当，这件事我需要向你们道歉。”舒宜半敛眸子，良久从牙缝中挤出来后半句话，“我会主动辞职，然后在网上和悦己撇清关系，不拖累大家。”

话音刚落，陆时禹的脸便沉了下来，气氛再次紧张。

“泄密者”阮桃再次红了眼眶，伸手拽了拽齐放的衣角请求他的帮助。

这样的信赖让齐放很受用，他嘴角一咧：“不然舒妹妹再考虑一下我的计划，我们出去单干吧。悦己倒闭了就倒闭了，我们还有其他的发财计划……”

阮桃：“？”

果然不该信他！

陆时禹瞪了眼齐放，终于出声：“我谅解你突然接收大量的负面信息，出现了不理智的判断，但类似的话我不想再听到。”

“你有更好的解决办法？再这么下去医院就要倒闭了，你是医院的院长，也该考虑考虑医院的员工，到时候他们怎么生活？”舒宜咬牙，“况且脚长在我身上，你拦不住我的。”

当初网友们转而攻击医院的时候，陆时禹就已经料到舒宜会有现在这样的反应。如今瞧着站在自己面前，昂着头满脸倔强的女孩，陆时禹觉得太阳穴胀得厉害，最后妥协：“好，我们回去。”

山间树木还挂着未蒸发的露珠，云雾还未完全消散。车内弥漫着与来时截然不同的压抑，阮桃尽量将自己的存在感降到最低，舒宜一直低头看着网上的言论，嘴唇紧抿。

突然，一张大掌盖在手机屏上，陆时禹直接从舒宜手中抽出手机：“没必要自虐。”

舒宜抬眼：“我连看别人怎么骂我的资格都没有了？”

现在的舒宜就像炮筒，满身火气。她知道被讹传成“风流医生”的陆时禹也是受害者，但对着男人就是忍不住想发脾气，此时舒宜还没意识到，陆时禹已经成了她心里最亲近的人。

“当然有资格。”陆时禹无条件包容舒宜此时所有的坏脾气，“只是它会影响你的心情，你又何必去看这些不真实的言论？”

“你就不生气吗？”

舒宜可以忍受自己被污蔑、被全网黑，但无法接受周围的人也因为自己受到伤害。陆时禹一直以来都在帮助因意外事故面容受损的人恢复面部状态，不知挽救了多少颗敏感、自卑、受伤甚至绝望的心，如今却因为自己被污蔑成和病人厮混、会潜规则员工的风流院长，这对陆时禹而言并不公平。

“他们还没有影响到我的本事。”陆时禹声音如水，拧开一瓶水递过去，“喝口水，回去之后我陪你一起战斗。”

一起战斗。

最后的那句话成为戳破舒宜情绪的利剑，倔强挺起的肩膀一点点缩起来。舒宜捏住那瓶水，指甲因为用力泛出青白色，眼眶逐渐泛红，倔强地咬着双唇不让眼泪流出来。

长久以来，舒宜都是一个人，可似乎陆时禹出现后，舒宜有了底线，也有了可以依靠的肩膀。

悦己整形医院会议室的椅子上，坐着一位身着夏威夷花衬衫、深蓝色肥腿牛仔裤，鼻子上架着黄色的圆框墨镜，留着泡面头短发的潮男。舒宜被陆时禹喊上来开会，瞧见这人时脚步一顿，继而点了点头算是打招呼，不清楚对方究竟是何许人也。

似是看出舒宜的疑惑，陆时禹拉开椅子坐在这人对面，介绍道：“Alen 是公关公司的总经理，也是我朋友。我们不是控制舆论的专家，这次请他来就是看如何控评，停止这场网络暴力。”

Alen 是陆时禹在留学时认识的朋友，两人同是哈佛校友，Alen 如今棱角分明的侧颜便是出自陆时禹之手。

微博新闻爆发的第一时间，陆时禹便联系了对方制订公关方案。只是还没来得及施行，阮桃就讲漏了嘴，让舒宜知晓了这件事。

“原本我还奇怪，到底是什么素人能一直霸占榜单，如今见到本人，确实惊艳。”Alen 摘下墨镜，朝舒宜挥了挥手，“你确实有成为话题女王的潜质，我有预感这绝不会是最后一次。”

这是夸奖吗？

舒宜皱眉，总觉得这话听着不怎么舒服。

“所以现在已经制订出公关方案了吗？”舒宜不关心别的，就想知道怎么才能结束这一切。

“当然，现在备选方案有两个。”提到专业，Alen 打了个响指，把手里的方案递给舒宜，“方案一是找个更有关注度的新闻转移注意力，就是所谓的‘强者更强’。虽然你现在很红，但毕竟不是圈内人，引起的关注度很有限，如果这时候爆出比你更具话题性的新闻，就会迅速降低网友对你的关注度。”说着 Alen 顿了顿，“只是如何找到那个更有关注度的新闻，是目前最大的问题。”

舒宜听了不由得翻了个白眼，感觉对方说了跟没说一样。

“第二个呢？”

“第二个方案嘛，”Alen 瞥了眼陆时禹，嘴角露出一丝笑意，“就是索性在网上承认你跟时禹的关系，再编写一段甜蜜的爱情故事，时不时发几张你们俩的日常生活照片，炒一段真人版的超甜 CP，这样之前的那些黑料也会连带着被洗得干干净净。”

这都是什么不靠谱的方案。

舒宜眉毛皱得都能打成结，看着陆时禹问道：“你的意见呢？”

陆时禹双手摊平，面露微笑：“我不介意和你炒 CP。”

她介意好吗！

舒宜双手捂住脸发出绝望的怒吼：“我就是个小蝼蚁，真是何德何能享受这样的网络暴力。”

“你有没有想过，这些或许是有人故意为之？”陆时禹抿了口热茶，缓缓说。

“故意为之？”舒宜一愣，“你的意思是……”

“最初你的照片在网上爆红，结果隔天就被人爆出那张颇有争议的照片。”Alen 接过陆时禹的话，“恕我直言，你也不是什么名人，除了熟人，没人对你的黑料如此了解。而后，悦己整形医院再次陷入风波，对方拿你和时禹的关系做文章，还拿出了一些模糊的照片，说明对方对你和陆时禹都不陌生。”

一直沉浸在负面信息中的舒宜完全忽略了这种可能，她虽然上学时期女生缘不好，但也没有什么仇家。突然，一个人从脑海中浮现，舒宜看向陆时禹：“难道是林春娇？”

舒宜也只和林春娇发生过正面冲突，加上那日爆料的照片，应该就是林春娇事先安排了人拍摄的。

只是她跟曹铭根本就是子虚乌有的事，现在又已经离职，林春娇犯得上废如此多的心思在她身上吗？

“先别急着下定论。”陆时禹拍了拍舒宜的头，“我们已经找到这个爆料博主的个人信息，我请的律师今天已经将律师函寄给对方了。等舆论平息一些，我将以侵犯肖像权、损害个人名誉权及诽谤提请诉讼。”

陆时禹在，舒宜莫名踏实了许多。

路灯将人影拉长，舒宜走在陆时禹身后，盯着地面，人跟着对方的身影移动，脚稳稳地踩住地面上的男人的影子。不知这样走了多久，陆时禹陡然站定身子，一时没反应过来的舒宜险些撞进男人怀里。

"玩得开心吗？"陆时禹满脸戏谑。

舒宜哼了声，从对方的阴影下移开："我这是踩小人。"

"今天 Alen 提出的两个方案，考虑得怎么样？"陆时禹问。

说是两个方案，但实际上可操作的只有后一个，就像料定舒宜不会反抗一样，Alen 甚至连文案和故事都已经以她的口吻写好，讲述的就是互相暗恋的青梅竹马最后走到一起的感人故事，她匆匆浏览了一遍，觉得极其肉麻。

舒宜虽然如今心里不排斥将自己和陆时禹凑成一对，但总觉得哪里怪怪的，联想到陆时禹之前的那些招数，不禁怀疑："这个方案该不会是出自你之手吧？感觉跟你之前带我回家，让我在你妈面前跟你假扮情侣，然后弄假成真，有着异曲同工之处啊。"

"是啊。"陆时禹无比坦诚，"所以你打算自己走进我设置的陷阱里吗？"

清风徐徐扑面，一对男女相向而立，目光赤诚得这一刻仿佛只有彼此。

再勇敢一次吧！

舒宜握紧拳头对自己说。

沉默良久，在陆时禹以为对方又会拒绝自己的时候，却见对方笑了出来："好啊，就官宣吧。但能不能弄假成真，我可不能保证。"

陆时禹直到听到舒宜答应的那一刻，才知道原来自己紧张到一度忘记呼吸。

舒宜一天都在思考那个幕后推手到底是谁，她甚至把和自己相处不愉快的人从头到尾列了个遍，其中有职场上想对她潜规则被她一脚踹伤的，有谈生意时故意动手动脚被她拿酒泼脸的，还有嫉妒她业绩故意造谣被她当场怼到哭的。

舒宜强行把陆时禹扣在家里，掰着手指头跟他分析作案动机，请对方帮忙排除。从头到尾听下来，陆时禹觉得又心疼又好笑，终于听不下去，将笔放下：“别想了，这些不怎么美好的回忆就忘记吧。”

舒宜愣住，随即摇头：“也不算不美好的回忆，是我生活的日常。”

舒宜就像不会哭的孩子，所有的脆弱都被捂住，让人误以为她是一朵带刺的玫瑰，人人都想得到，却又忌惮两旁的倒刺。可只有陆时禹知道，那一排排刺包裹的恰恰就是女孩最柔软的美好。

“明天 Alen 会用悦己整形的官博将我们恋爱的通告发出去，然后他会让几个有影响力的博主发完整的恋爱史，再投放水军控评。”陆时禹简单交代着第二天的计划，继续说，“我们需要做的，就是各自注册一个账号，然后定期发恋爱日常。”

陆时禹朝着舒宜弯了弯嘴角：“以后还请多多关照啊，我的女朋友。”

明明是假的，可当陆时禹说出这句话的时候，舒宜心脏却跳得快到要蹦出胸腔。什么阴谋阳谋统统抛在脑后，老脸一红，舒宜下意识就拍了拍陆时禹的肩膀，粗着嗓子回了句：“嗯，合作愉快。”

暧昧的气氛陡然变成大型兄弟情现场，陆时禹揉了揉太阳穴，宠溺溢出双眼。

隔天，当所有人已经做好准备开始反击的时候，娱乐圈一条新的重磅消息吸引了大家的注意，Alen迷茫地道：“你们昨天选的是第二个方案吧？”

舒宜还不知道发生了什么，讷讷地点了点头。

Alen将电脑屏旋转，上面赫然写着“国民初恋幸露自爆整容史，发声力挺悦己整形”。

显然，陆时禹也没想到幸露的这一波操作，点进热搜，上面是幸露用大号发的一组自己整容前后的对比照，并且发文：“曾经我也因我的外貌自卑，是陆医生将我从深渊中救出，改变了我的命运。如今看到当年的主刀医生被全网黑，我决定主动站出来为其正名，并希望告诉所有人，整形医生和其他医生一样应该被尊重，他们同样帮助太多的人走出困境，开启新的人生。”

舒宜是见过幸露的，就在陆时禹的办公室。彼时两人的亲密和女人口中熟稔的语气还让她误会过，只是之后幸露没有再出现，她便也慢慢忘记这件事。

一时间，舒宜就像被人捏住了喉咙发不出声音。她点开幸露发的第一张照片。整容前的幸露，虽然没有如今这般亮眼，但也算清秀。

只是一股浓浓的熟悉感扑面而来，某些被她刻意遗忘的信息似乎顷刻间就要浮出水面。就在舒宜快要想出些什么的时候，陆时禹出声解释：“我事先没有联系过幸露，并不知道她会发这样的微博。”

陆时禹头痛地按了按太阳穴：“我跟舒宜的新闻之后再发，我先弄清楚这件事。”

说完，陆时禹拿着手机走出去，应该是联系幸露的经纪人。

“时禹还真是桃花不断。”Alen 也不清楚陆时禹和舒宜到底什么关系，嘴贱地说，“我看哪，这次的 Plan B 要用在时禹跟幸露身上喽，这姑娘为了维护时禹，演艺事业算是走到头了。”

舒宜脸瞬间沉了下来，Alen 注意到了，还以为她暗恋陆时禹，立刻安慰：“你也别放在心上，至少你跟幸露，我比较喜欢你这款的，人美不黏人。像幸露这种太清纯的，被黏上就甩不掉了。怎么样，你要不要考虑一下我？”

舒宜冷冷地看了眼 Alen，拎着手提包起身就走，高跟鞋踩得踢踏作响，快出门的时候回头冷哼了句：“可惜不巧，我最不喜欢的就是你这款。”

Chapter 11...

女为悦己者容

诚如 Alen 预计的那般，幸露身为娱乐圈流量大户，她的微博飞速将舒宜的黑料淹没在人海中，各大头条版面铺天盖地全都是幸露的信息。

明星私下整容算是公开的秘密，但外界总是拿着放大镜评判女星，尤其是幸露这样走清纯路线的，一不小心就会坠入深渊。如今，网上曾经支持幸露的宅男纷纷脱粉，扬言“心死了”，幸露对家公司借着这股风砸重金投入水军，想要借此机会让自家公司同类型的女星上位，一大批低龄粉丝受到蛊惑在网上开战。幸露的这条微博，让自己陷入了万分尴尬的境地。

在这场混战中，幸露仿佛给悦己整形做了一个超大规模的免费广告，悦己托了幸露自爆的福，前来咨询整形的人数暴增。

明明前一段时间还在为医院的存亡忧虑，而如今医院再次恢复运转，门庭若市，舒宜心里却总感觉不舒坦。

幸露这样孤注一掷，对陆时禹的心思可以说很明显了，性格别扭的舒宜和大胆示爱的幸露，闭着眼都知道哪个更具吸引力。

况且就算陆时禹对幸露没有存那方面的心思，这个人情也已经欠下了。

舒宜心里就像压了一块巨大的石头，闷得她喘不过气来，偏偏祸的源头是自己，让她发火都不知道对谁发，只能任由恼怒的情绪发酵。

舒宜是没有立场生气的，毕竟她和陆时禹也没确定关系，说破了天就是友情以上，恋人未满。可是大脑偏偏不听使唤地不停胡思乱想，想到最后，舒宜甚至有些自暴自弃，或许她终究是不配得到幸福的，不然为什么在自己刚刚决定勇敢的时候，就突然发生这种事。

难得空闲，舒宜一个人坐在休息室里放空，阮桃扒着门框看了眼舒宜，飞速跑到齐放的办公室："齐院长，现在可怎么办啊？"

阮桃仿佛忧心的老父亲："这都三天没见陆院长了。眼看着舒姐姐跟院长都要在一起了，怎么会突然发生这件事？你说，院长到底怎么想的啊？"

齐放优哉游哉地说道：“这不是摆明了吗，玫瑰虽美但难采，茉莉虽小但唾手可得。老陆这回欠下这么大个人情债，估计是要以身相许喽。”

连齐放也这么说，阮桃气得使劲儿跺了跺脚，吼了声：“你们男人真是靠不住！”

阮桃说完便跑出去，留下齐放满脸冤枉，朝着阮桃的背影喊：“你个小桃子，说老陆呢又不是说我，你朝我发什么脾气！”

其实不单是齐放，就连舒宜都觉得她跟陆时禹这次大概是真的结束了。男人接连三天没有出现，没有人知道陆时禹去了哪里，无数猜想在脑海里浮现，舒宜想，或许陆时禹如同当初安慰她一样，也带着幸露去了某个地方“避世”。

从齐放的办公室出来，阮桃慢慢走近舒宜，一张藏不住表情的苹果脸刻着明晃晃的难过。舒宜瞧见阮桃的样子笑了出来：“怎么这副表情，不知道的还以为你失恋了。”

“舒姐姐，你想哭就哭吧。”阮桃撇嘴，“院长真是个渣男，我以前看错院长了！”

舒宜刚想开口解释自己和陆时禹的关系，医院的门就被推开，一道颀长的身影出现在门口：“说谁是渣男？”

男人穿着深蓝色的衬衣，衣袖微微上卷，第一颗纽扣松开，眼底挂着长途跋涉之后的疲劳。

站在门外的，不是消失了几天的陆时禹又是谁。

舒宜眼睛居然有些不争气地发酸，三日不见，恍如隔世，此时的舒宜发现自己居然连开口的勇气都没有，双手假装忙碌地翻动着面前的资料，竟不敢再看陆时禹一眼。

陆时禹没时间追究方才阮桃的那句话，匆忙交代：“阮桃去外面挂上休息的牌子，然后上来准备一下会议室，马上会来几个人开会。”说完便率先上楼准备会议资料了，经过舒宜身边的时候伸手自然地拍了拍她的头。

舒宜傻傻地捂着被陆时禹摸过的地方，总觉得曾经患得患失的心脏因着简单的动作回到了原位，然而之后涌上的却是更多的懊恼。她没想到自己一直以来所谓的坚持，所谓的推拉，都只是自己的惺惺作态。

原来，现在的她还和几年前的自己一样，一颗心全然向着陆时禹，从不曾改变。

停业开会，原本大家还在猜测究竟是谁，能有这么大的面子。

直到下午的时候，一辆豪华保姆车停在悦己整形机构门口，大家看见从车上走下来的娇小女人才反应过来，陆时禹等的不是别人，正是大名鼎鼎的幸露。

幸露是和经纪人一同来的，经过坐在前台的舒宜时，她脚步顿住，上下打量了舒宜几秒，嘴角露出甜甜的笑容，率先打招呼：“又见面了。”

幸露是标准的美女，以前舒宜不知道，但在听说这张脸出自陆时禹之手后，也只能感慨陆时禹不愧是业内公认的“魔术师”，幸露的外表可以说无可挑剔的完美。两颗眼珠如同葡萄粒，虽然脸上有微微婴儿肥，却因为尖下颌完全不显稚气，更增加了致命吸引人的乖巧。

她和舒宜是完全不同的两个类型，如果一个是不谙世事的天使，另一个就是妖艳惑众的狐妖。

舒宜颔首算是回应。

幸露的经纪人回头催促：“还不赶紧上来？”

幸露适才得体一笑，翩跹着身子往楼上走去。

幸露离开的时候，舒宜的鼻尖充斥着清淡香水的味道。

前后不到五分钟的时间，Alen 带着工作团队匆匆赶到。仿佛印证了当初 Alen 对舒宜所说的话，当初想要用在她和陆时禹身上的 Plan B，如今大概率要套用在陆时禹和幸露身上了。

不过也对，清纯玉女名花有主或许会让一部分男粉丝心碎，却是整容最好的保护伞，如果舆论引导得有力，甚至还会成为幸露职业生涯的重要转折点。

“舒姐姐，你也上去听听吧。”阮桃倒完水下楼，撺掇着舒宜上去旁听，“这件事跟你也有关系，再说了你不是陆院长的女朋友吗，有什么好回避的。”

做了一上午手术，适才得闲的齐放伸着懒腰从楼上走下来：“有什么好听的，也不是什么有趣的事。”

齐放打了个哈欠，对舒宜说：“你相信老陆，其实他跟幸露是认识好几年的朋友了，要是在一起，早就在一起了。”

陆时禹高中的时候是一朵高岭之花，虽然待人温和，但仿佛和所有女生都保持着安全距离，身边往来的除了要好的哥们儿，从没见过他跟哪个女生特别亲近，舒宜不知道陆时禹什么时候开始有女性朋友了。

舒宜抿了抿唇，装作无意地问：“你知道他们怎么认识的吗？”

“这倒是不太清楚。”齐放揪了揪短发，“应该是在国内认识的，在美国的时候没见对方跟老陆有什么交集，我猜……大学同学？”

大学同学？

舒宜和陆时禹恋爱的时候，正是两人高三毕业升大一的阶段。那时候她还去陆时禹的课堂蹭过几次课，没听说过陆时禹在班上有一个名叫幸露的女性朋友。

舒宜偏着头，突然想到了什么，飞速找出当时幸露发的整容前的照片。

怪不得她觉得眼熟，如果她没记错的话，对方应该就是当初那个在她和陆时禹分手的第二天，坐在陆时禹自行车后座上的女生。

两人有说有笑的样子舒宜一直记到了今天。

舒宜说不出这一刻自己的感觉，就像吃了不干净的东西一样胃里泛着恶心，手脚冰凉得厉害。

看着舒宜这副样子，阮桃以为齐放又惹舒宜生气了，迈着小短腿过来就要将人推走，还颇富正义感地骂道：“齐院长你怎么这么讨厌，老是凑过来！”

无辜的齐放：“？”

被阮桃气得笑出声，齐放两根手指一伸，夹住阮桃的脸颊：“你这个小桃子，最近对我的态度很嚣张啊。每天冲着我大呼小叫，现在还公然赶我走？”

“是你先挑衅的，说舒姐姐是带刺的小玫瑰，幸露是芬芳的小茉莉。”阮桃被捏得龇牙咧嘴，也不知怎么突然鼻酸，涌出一股委屈，“你去找你的小茉莉啊，别老过来黏着我们！”

手脚冰凉的舒宜抬眸，缓缓吐出三个字：“小茉莉？”

阮桃这才意识到自己激动之下说了什么，脸爆红：“不是不是，舒宜姐不是我说你难采的，是是……”

阮桃越说越乱，气红了眼，偏偏齐放还十分不懂看人眼色般“噗”地笑了出来。

就像被踩到了猫尾巴，阮桃彻底生气了：“都怪你，我再也不要理你了！”说着抱住舒宜，当真看也不看齐放。

再次无辜躺枪的齐放：“？”

时间仿佛过得异常漫长，舒宜抬头看着时针秒针不停转动，医院其他员工都已经离开，只剩下舒宜和阮桃还在等待。

天色逐渐昏沉，舒宜大脑混沌不堪，往外吐了口浊气，觉得如今的她仿佛又回到了守着陆时禹患得患失的高中时代。

她抬头，自己的身影刚好映在巨大的镜子前，里面的人穿着简单的白衬衫、牛仔长裤，脚下踩着舒适的平底豆豆鞋。好像和陆时禹在一起后，她便远离之前“争奇斗艳”的生活，衣服也开始以简单舒适的款式为主。颜色张扬艳丽的短裙、精致的高跟鞋、昂贵的背包，好像距离她越来越远。

现在的她，变得完全不像她了。

舒宜不甘心，拿起包站起身子：“阮桃，我下班了。”

“啊？”阮桃坐在舒宜旁边看小说，听到舒宜的话也慌忙起身，“可是楼上还没结束……”

“那应该跟我下班不冲突吧？”舒宜笑了笑，“我打算去买几件衣服，要不要陪我去逛街？”

阮桃心动，但想到楼上的院长还没走，又带着几分犹豫。

舒宜挑眉诱惑：“晚上顺便请你吃烤肉。”

烤肉！

阮桃欢呼，心里想着反正陆时禹都已经如此渣了，她才不要跟着院长混。她当即拎起包，挎上舒宜的胳膊，谄媚道：“我最喜欢舒姐姐了。”

自从舒宜欠下了陆时禹巨额债务之后，很久没有这么痛快地逛街了。阮桃又是舒宜的脑残粉，无论舒宜试什么都双眼发光地频频点头，连连称赞。舒宜才逛了一个小时，已经从头到脚完全置换了行头，原本毫无特色的上衣牛仔裤变成了一袭修身的湖蓝色改良版旗袍，复古的立领修饰得女孩脖颈更加修长，侧面开衩到大腿的位置，整个裙摆呈鱼尾状，走起路来娉婷飘然，真应了那句“锦袍素雅身段娇，春风拂柳展妖娆”。

阮桃挎着舒宜，四周人惊艳的目光让她也莫名觉得骄傲，昂首挺胸脸上带着“这位美女可是我朋友”的得意。

舒宜发现和阮桃一起也蛮有趣的，她还是第一次遇见这样的女孩。以前她和许潇逛街，许潇就非常不喜欢她成为焦点的感觉，发现路上有人看她，许潇便会抛出阴阳怪气的话，将原本开开心心的她搅得心烦意乱。久而久之，她就习惯了一个人逛街。

她以为女孩子都是这样的，没想到原来还有阮桃这样……傻乎乎的。

舒宜目光软了软，她觉得现在这样就挺好，即便之后的人生没有陆时禹又怎么样呢，她还是该感谢的，谢谢陆时禹在她的人生低谷期提出让她来整形医院工作的建议，不然她不会知道原来她也可以拥有友谊。

两人拎着大包小包下了地铁，突然，一个男人从后面跑过来重重撞了下舒宜的肩膀，疼得舒宜一抖，手里的袋子落了一地。

男人回头匆匆道歉："对不起。"

说完，男人迅速混着人流往前溜走，快到舒宜想骂人都没找到对象。

"站住。"一道声音横空劈来，紧接着远方的人群突然骚动起来，舒宜忙着捡散落的袋子，也没顾得上抬头，起身的时候对面多了一个穿着运动鞋的身影。

"这是你的吧。"

舒宜耳朵动了动，瞧见自己面前不知何时多了一个人，不对，准确地说是多了两个人，穿着运动鞋的男人扣押着方才撞到舒宜的男子，对方龇牙咧嘴地求饶。

舒宜瞧见对方递过来的手机一惊，飞速看了眼自己的背包，里面果然空空如也，不禁怒从中来，抬手冲着方才撞他的男人就是一巴掌："干什么不好学人当小偷，你有这手速哪怕打游戏也混成全国冠军了吧，真是社会的残渣！"

闻言，偷手机的人还没说话，扣押住对方的"好心人"先笑了出来："原本看到网上的那些新闻，还担心你的状态，现在看来过得还不错。"

舒宜这才注意到帮助自己的人,想了片刻惊讶地脱口而出:"周正警官？"

谁会想到曾经萍水相逢的人如今会再次遇到，阮桃比舒宜还要兴奋，一双眸子瞬间就亮了，一个是帅气刚正又有些呆板的警察哥哥，另一个是美丽妖艳又有些狡黠的神仙姐姐，两人根本就是配一脸好吗！

作为找回手机的回报，舒宜在和周正回警局做完笔录之后，邀请对方一起用晚餐。刚巧周正是白班，便应了下来，几个人随意找了家烤肉店吃顿便饭，算是交个朋友。

晚饭才刚开始，舒宜放在桌面上的手机便催命式地响起，女孩看了眼屏幕，直接按了关机键，仿佛没有听到。

两秒钟后，手机再次响起，阮桃接通电话才"喂"了一声，便瞥了眼舒宜，双手捧着手机呈上，小声说了句："舒宜姐，找你的。"

不用看就知道是谁。

舒宜双眸未抬，直接说道："告诉他我们没在一起。"

阮桃立刻心领神会：“陆院长，我跟舒宜姐没在一起。”

电话那端，将两人对话听得清清楚楚的陆时禹：“……”

周正话不多，坐在一边极没有存在感。开始的时候舒宜还照顾着对方，然而吃着吃着她跟阮桃就将这人忘了，互相推杯换盏喝得好不开心。

当舒宜摇头晃脑叫服务员，打算再来六瓶酒的时候，一直沉默的周正忍不住阻止：“女孩子在外面少喝点酒。”

闻言，舒宜歪了歪头，单手托腮直勾勾地盯着周正的脸瞧。一双杏仁眼带着三分清醒，七分迷茫，周正的脸颊浮现出一抹暗红，不自在地偏开脸。

“周警官，你也在啊。”舒宜反应过来，瞬间笑开花，“你要不要也来一瓶？”

“我不喝酒。”周正想到自己是因为李青案认识的舒宜，表情不禁变得有些严肃，叮嘱道，“现在社会上坏人比较多，你一个女孩子，在外面还是要多加注意，不要在外面和陌生人喝酒。”

舒宜扬眉：“你的意思是，我请你还请错了？”

周正尴尬地回道：“这次就算了。”

“人民的公仆还挺双标。”舒宜给阮桃和自己分别倒满酒，话渐渐变多，“不过有坏人也不怕，我们不是有人民警察保驾护航嘛。”

周正抿了抿唇，想了想没说话。

周正大学读的是军校，毕业后从事侦查工作，接触的人大多是男人，即便有女生，也都是一个能打俩的女汉子，像舒宜这种娇滴滴的姑娘，他还真没有太多交集。舒宜的新闻，他还是偶然听同事聊天才有所了解，当时便心有戚戚，见惯了各种复杂的案子，他比普通人更知道人性的丑陋。

只是今天没想到会在地铁站再次遇见这个姑娘，原本还在犹豫是否要上前打招呼，结果就发现有人故意偷盗。

周正没有和异性相处的经验，坐在没有椅背的板凳上脊背挺得笔直，身体有些僵硬。劝了舒宜几句，见对方没有要停止的意思便安静如鸡，尽职尽责扮演着“守护者”的角色，打算等这场饭局结束将两个姑娘送回家。

不知道过了多久，阮桃最先喝趴在桌子上，舒宜再找人碰杯时发现人已经卧倒，捂着嘴“哧哧”笑了出来。

舒宜脸颊绯红，喝过酒，眸间媚色更浓，配上身上的旗袍，就犹如从画纸上走出来的仕女，美得惊心动魄。

“还可以自己走吗？”周正见两人喝得差不多了，起身轻轻拍了拍舒宜。

舒宜警觉地将对方的手挥走，瞪着面前的男人：“陆时禹？”随即摇了摇头，“不，你不是陆时禹，你走开。”

周正无语，难得下早班，他原本应该躺在家里看电影，谁能想到因为一时精神错乱答应了异性的晚饭邀约，现在不仅要照顾醉鬼还被人嫌弃。

周正往外舒了口气，刚想扶起舒宜，旁边传来了一道声音：“我来吧。”

周正认出面前的男人，正是当时陪舒宜一起来警局做笔录的陆时禹。

大概猜出两人的关系，周正收回伸出的手，朝陆时禹点了点头。

陆时禹一把将舒宜抱在怀里，舒宜剧烈挣扎："你谁啊？"

"是我，"陆时禹安慰地拍了拍她的头，"我来了。"

舒宜双手捧着陆时禹的脸，使劲儿捏了捏他的脸："没错，就是陆时禹这个渣男没错！

"你放开我，我才不要和你在一起。你这个见异思迁的大渣男，我宣布，从今天开始，要跟你分道扬镳，划清界限，破釜沉舟，背水一战。"

舒宜不受控制地胡言乱语，吵闹声很快淹没在嘈杂的烤肉店里。

"词汇量还挺大。"陆时禹忍不住笑了笑，声音轻柔地哄着姑娘，"我错了，现在先乖乖的，回去让你打好不好？"

也不知道是不是听懂了陆时禹的话，舒宜往陆时禹怀里蹭了蹭，头一偏闭上眼睛，不知是不是睡着了。

陆时禹见舒宜安静了下来，放轻了手上的动作，朝着站在一旁的周正说道："账我已经结过了，今天谢谢了。"

周正看了眼缩在陆时禹怀里的舒宜，也不知为什么，心里突然闪过一丝酸涩，但很快便消失，指了指坐在一边的阮桃："她怎么办？"

陆时禹拿出手机，拨通一个电话，也不等那边的人说话，直接说道："阮桃在烤肉店喝醉了，你赶紧过来把人带走。"

说完，他挂断电话，对周正道："还得麻烦你等五分钟，我先带舒宜回去，马上就有人过来把她领走。"

舒宜醒来的时候，天色已经大亮。头像被人打了一样疼得厉害，她费力睁开眼，陌生的环境让女孩大脑有几分错乱。她努力回想昨天发生了什么，却只记得自己逛街的时候遇到了周正，请人吃了烤肉，席间跟阮桃喝了几瓶啤酒。她是怎么回来的，现在睡在哪里，竟然印象全无。

掀开被子发现自己昨天穿的旗袍早就不知去处，只穿了一件松松垮垮的男式T恤，心猛然坠入深渊，她该不会晚节不保了吧。

脸色骤然变得苍白，舒宜告诉自己要冷静，她直觉周正不会是乘人之危的人。

舒宜赤着脚才下床，房间门就被推开，她心脏提到嗓子眼，看见来人时整张脸变得有些精彩。

"陆时禹，怎么是你？"

陆时禹脸色算不上好看，醋味到现在才发作："不然你还想看见谁，周正吗？"

舒宜眉毛拧成一团："我昨天不是在吃烤肉，怎么会突然到你家？还有阮桃呢，她又去哪里了？"

"有心思惦记别人，不如想想怎么跟我解释。"陆时禹双臂环胸，"你昨天不是买了很多衣服吗，随便找一件换上，再出来跟我对话。"

几分钟后，当舒宜看见被自己吐得一塌糊涂的旗袍以及白衬衫时，昨晚她抱着陆时禹又哭又闹的画面陆续浮现，脸上的表情瞬间变得精彩起来。

“想起来了？”陆时禹扬眉，“既然没失忆，我们就谈谈你该怎么对我负责任的事吧。”

“负什么责？”舒宜瞬间奓毛。

“别以为喝醉酒就可以逃避责任。”陆时禹不疾不徐地道，“昨天按着我的头强吻我，还逼我承认我是你男人，勒令我不许亲近其他女人的，不就是你？”

“你放……”舒宜突然意识到那个字有些不文明，立刻改口，“说的什么乱七八糟的！”

“好吧，后半句话确实是我编的。”陆时禹摆手飞速承认错误，“你确实没逼我承认，只是单纯地强吻了我。”

陆时禹没说的是，还没吻上舒宜就吐了两人一身。

舒宜还在震惊中，她从不知道自己酒后居然会失态到这般地步，想反驳却偏偏又有某些残存的片段时隐时现，最后咬牙道：“我的衣服是谁换的！”

“别冤枉我，衣服是你自己脱的，吵着要洗澡。”陆时禹语气诚恳，“我尽力阻止了，可惜最后没拦住。”

这么说，他还挺冤枉！

舒宜整个人都不好了，陆时禹拍了拍舒宜，安慰：“没关系，你不想对我负责，我对你负责也行。”

阮桃早晨请了假，诡异的是，就连每天坚持全勤的齐放都破天荒地没来上班。舒宜有些不放心，要打电话给阮桃，却被陆时禹拦了下来：“有齐放照顾着，不会出什么事的。”

“就是因为有齐放在，我才不放心！”舒宜没好气地道，“都怪你，多管闲事。你不是忙着处理幸露的事，过来找我做什么？”

“处理幸露的事？”陆时禹捕捉到关键词，“所以你昨天生气，是因为这件事？”

怎么又将问题扯到这里，舒宜抿唇，索性将话说开：“陆时禹，你说你喜欢我，但我这个人很自私，我接受不了自己的男朋友在恋爱期间还和其他的女人保持暧昧，哪怕连纯友谊都不行。”

“这就是你拒绝我的原因，因为幸露？”陆时禹问。

呵，她都没说是谁，陆时禹就已经知道是幸露了，果然不正常。

舒宜垂眸不讲话，陆时禹双手搭在她的肩膀上，弯下身子直视她的双眼：“你有什么想法要直接和我说，我不是神仙，猜不到你的每一个想法。”

“你要我问？”舒宜往后退了一步，昂头，“你敢说你不在的这三天，没有和幸露在一起？”

“我为什么要和幸露在一起？”陆时禹莫名其妙。

意料之外的答案让舒宜哽住：“那你去了哪里？”

“Alen 联系到了散布谣言的博主，我和他连夜飞到南城找到了本人。”陆时禹顿了顿，双眸变深，“我不在的这几天，你就一直胡思乱想这件事？想我为什么不打电话给我，我以为经历了这么多，我至少应该算是你的准男友了。”

什么准男友，哪有这个概念。

“你也没打电话给我！”

“我错了，下次我记得主动报备行程。”

反正怎么都说不过他。

舒宜整个人变得有些暴躁：“我原本不想和你计较，但你执意要在这个问题上打转，那我们就索性把话说开。”

舒宜不是一个会胡乱吃飞醋的人，联想到昨天舒宜醉酒的表现，陆时禹也跟着正色，两条长腿交叠：“你讲。”

舒宜嘴唇抿成一道直线，冲动之下说要把话说开，但又飞速后悔，犹豫着要不要将所有的疑惑和盘托出。压在心里的丁点猜测就像见不得人的黑暗面，仿佛一旦说出口，她就完全没了底牌。

陆时禹不知道舒宜的想法，看着她纠结的神色，说道：“舒宜，你知道我们以前为什么会走到分手那一步吗，就是因为我们彼此不够坦诚。就像你喜欢吃辣，却从来都没和我说过，你一直的迁就和委屈都被我视为理所当然的存在。所以你当年认为我在玩弄你，虽说是误会，实际上却是必然，因为我们心里压了太多的困惑和猜测。”

“重来一次，我不想重蹈覆辙。”陆时禹叹气，“老实讲，你因为幸露的事生气我很高兴，表明你是在乎我的。你知道当我昨天到了烤肉店，看见你趴在桌子上谈笑风生，然而坐在你对面的男人却不是我的那种感觉吗？那一刻我又气又害怕，气的是你如此轻易地在一个陌生男人面前醉酒、展开笑颜，害怕的是原来我不是你的唯一选择，你有可能会真的离开我。舒宜，这种感觉不好，很不好。”

“在南城的这段时间，我每天都期待着你能打电话给我，关心、问候，哪怕对我发脾气都好，可你没有。舒宜，这次我努力了九十九步，你就大胆往前迈一步，好不好？”

舒宜犹豫的唇因为陆时禹的告白终于开启，然而也不知怎么了，眼泪先委屈地流了下来，她以前可没这么矫情的。

她粗鲁地使劲儿擦了擦脸颊：“你和幸露早就认识对不对。”

舒宜用的是肯定句，陆时禹一愣，虽不知舒宜是如何得知，但还是坦诚地点了点头。

“是不是好奇我是怎么知道的？”见对方果然应了，舒宜嘴角浮现一丝冷笑，“我提出分手的第二天，去你的学校找过你。”

可惜当她到学校，见到的却是自己的男朋友用自行车载着另一个女孩的一幕。

“这么多年，你口口声声说一直没忘记我，却也不曾主动挽留过我，然而与幸露一直保持联系。你亲手为她设计了现在的这张脸，现在她又为了你，甘愿断送自己的整个职业生涯。陆时禹，如果换作你是我，你会如何想？”

舒宜往外吐了口气：“你敢说这么多年来，你对幸露就没动过心？倘若你对她没其余的心思，那你明知她喜欢你，又为何不拒绝，难道就只是单纯地为了享受女性的追捧吗？如果是这样，我能不能也将你现在对我的追求理解为，当初我和你提分手，你心有不甘，所以再见到我，想故意接近以此证明自己的男性魅力……”

话没说完，陆时禹再也忍不住一把揽过舒宜，稳稳地吻上她的唇。

男人的动作几近粗鲁，舒宜吃痛地皱眉，对方却仿佛由此找到突破口顺势长驱直入，舒宜避无可避。

就在舒宜觉得呼吸困难的时候，陆时禹才缓缓松开了她，额头抵在她额间喘着气，适才说道：“你怎么知道我没找过你？”

舒宜因为陆时禹的话愣住，呆呆地看着男人。

“我去了你的学校找你，那时候你已经请假回了老家。”陆时禹凝视着舒宜，“然后我和学校要了你的家庭住址，找到了你。”

陆时禹没有再继续说下去，可是之后的事舒宜却知道。

那天舒宜从陆时禹的学校回来，便接到了班主任打来的电话，对方称她的母亲发生了车祸，去世了。

舒宜从不知道自己的父亲是谁，年幼时，她有一段时间寄养在外婆家，邻居背地里都骂她是个“野种”，骂她母亲是个狐狸精，每天只知道花枝招展地勾搭男人。

舒宜五六岁的时候，外婆去世了，她被母亲带到身边，然而母亲并不喜欢她，大概是嫌弃自己这个拖油瓶影响了她的“行情”。八岁那年，她跟着再婚的母亲搬到了一个新房子，以为自己有了家。可慢慢长大的她逐渐出落成美人模样，继父不知何时对她起了歹意，想要强行占有她。反抗中她打伤了继父，母亲知道了这件事飞速与对方离了婚，却嘴上不饶人地将这件事怪罪在她身上，认为是她勾引了对方。

一直以来，舒宜都是恨母亲的。可讽刺的是，当那个被自己痛骂了无数遍为什么还不死的人真的去世了，她却感到了另一种绝望。

那是一种，这个世界上终究只剩下她一个人的绝望。

“我在那边陪了你一个星期，看着你在人群中穿梭，坚强地料理着你母亲的后事，和那群刁蛮的亲戚理论，就像永远无法被打败的超人。

“你不知道我有多后悔，如果我没有答应你分手，那我就能光明正大地站在你身边，陪着你、护着你。”

可是仅仅晚了三天，他便失去了上前的资格。

每个人都有不想被人知晓的过去，陆时禹在那时，选择了保护女孩仅存的骄傲和体面。

舒宜此时已经泪流成河。

陆时禹叹了口气，心疼地抱住她：“我还要解释幸露的事吗？”

不重要了。

舒宜头埋在陆时禹胸膛，疯狂晃动。

陆时禹却继续道：“我确实不想解释幸露的事，因为她对我来说连路人甲都称不上，就如同我的千万个手术对象，她只是我的一个病人。我不记得自己什么时候载过她，但这么多年，我们的联系不若你想象的那般频繁，当初我从美国回来，排队找我整容的人太多了，不仅是她，娱乐圈如今叫得上名字的几乎一半的人我都打过交道，上次你在我办公室看见她，也只是因为她身份特殊，不适合公然出现在大厅罢了。

“舒宜，我没那么多的心思去顾全每一个人的情绪和过去。

这么多年让我放在心上，想到会心痛、会懊恼、会思念的人，也只有你罢了。”

房间里一片安静，只有女人啜泣的声音。舒宜几年来的眼泪好像都在这一刻倾泻，所有的情绪都在此时释放，居然哭得有些停不下来。

陆时禹轻轻将姑娘揽在怀里，觉得自己做的一切都值得了。

Chapter 12...

依靠

早在初期，当他们开始怀疑这场网络暴力背后有黑手的时候，陆时禹就在帮舒宜排查可疑人员。

了解舒宜的性格和工作经历，熟悉舒宜和陆时禹之间的关系，在网上发布的煽动言论几乎都是踩着舒宜的痛点精准打击，能够同时做到这几点的人不多。

再加上舒宜注意到，尽管后期舆论的矛头对准了“悦己整形机构”，陆时禹身为院长被网友骂成一团，对方却始终没有爆出陆时禹的真实身份，发的照片也都是模棱两可的背影，几乎不会影响到本人生活。

也就是说，这个人的目标从头到尾就是舒宜。

罗列的人一一被排除，一个名字倏地闯入舒宜的脑海。但念头一经闪现又被她飞速排除，她下意识地认为不可能是那个人。

陆时禹前些天去了南城，终于见到了那个名为“周扒皮”的博主。对方见到真的有人找上门来，一改网上嚣张的态度，立刻认㞞，承认所有的信息都是来自一个名为“心碎小蘑菇”的网友。

他原本就需要用这种新闻博取关注度，没想到第一条微博发出后立刻引爆全网，尝到甜头的他并未求证信息真实度，而是添油加醋地在网上发布了一系列攻击舒宜的文章。

“周扒皮”并不知晓提供素材的网友的身份，但将对方的 ID 账号提供给了陆时禹。

回到北城，陆时禹便将信息发给了技术人员，就在今天下午，Alen 那边得到消息，称人已经锁定了。

舒宜一直以来都在找那个人，然而现在真的出结果的时候，她突然胆怯了。也不知是害怕对方真的是那个心中所想的人，还是什么别的原因。

一向跋扈的舒宜眸中闪着不自信，她略带犹豫地问男人：“反正现在事情已经过去了，知不知道其实也无所谓了是不是？”

陆时禹理解舒宜的担忧，点了点头说道：“我尊重你的意见。”

舒宜静默片刻，觉得如果这件事就这样稀里糊涂地过去，以后她可能会后悔。她食指揉了揉胀痛的太阳穴：“算了，你直接告诉我，对方是不是我认识的人？”

陆时禹没有卖关子，直接点头应道：“是。”

“不是许潇，对吗？”

“很遗憾，就是她。”

得知幕后黑手就是自己曾经的好友许潇时，舒宜情绪是有些崩溃的。她跟许潇如今已经不再往来了，但她没想过许潇会如此恨她，恨到在网上编黑料的地步。

原本陆时禹是想直接起诉在网络上散布谣言的人，然而当确定对方就是许潇之后，便迟迟未动，他在等着舒宜的决定。

过了几天，舒宜找到陆时禹，像是终于鼓起勇气面对这件事：“我想见一见许潇。”

都说一场秋雨一场凉，接连几场雨过后，路边的树叶好像掉了大半，剩下几片坚强的叶子挂在树上，被风吹得摇摇欲坠。

咖啡厅内，精心打扮过的许潇坐在椅子上，完全没有之前撕破脸的尴尬，瞧见舒宜过来，热忱地挥了挥手，用娃娃音问着：“舒宜，你是不是后悔和我绝交啦？”

舒宜没心情和对方玩虚伪的游戏，拢了拢长发直接问道：“潇潇，我这次约你出来是想问你，你有没有什么要对我说的？”

她想，如果许潇坦言，她就不再追究这件事。

“对你说什么？”许潇眨着迷茫的眼睛，随即做出恍然大悟的表情，“你是不是和陆时禹吵架啦，我就说他一直都在骗你，你看你还不信，甚至还因为一个男人跟我翻脸。”

许潇的话让舒宜握紧杯壁，从包里拿出一个文件袋，里面是技术人员提供的信息比对证据。她往许潇面前推了推：“你先看一下再跟我说话。”

许潇没想到自己背地里的小动作会被本人知道，瞧见文件袋里的内容，明显慌了：“这些……”

“都是你做的，对不对？”舒宜吸了口气，“为什么？”

许潇抿唇，见事情败露了也不再装无辜，黑色的美甲在档案袋上点了点，嘴角往上翘着：“你想不通吗，因为我讨厌你啊。”

已经知道答案，但舒宜听到对方亲自回答自己，心还是胀痛得厉害。她曾经把许潇当成朋友，然而最后伤害她最深的，居然就是自己曾经所谓的朋友。

许潇听到“朋友论”嗤笑，用嗲嗲的嗓音说出最恶毒的真相：“舒宜你知道吗，我一直没把你当过朋友。从高一开学我就讨厌你了，没错，我就是讨厌你长得漂亮。凭什么，凭什么全世界的人都喜欢你，凭什么全班男生都围着你转，我不甘心。”

许潇高中时期身材敦实，脸上都是青春痘，鼻梁夹着一副黑色框镜，就是丢在人群中根本不会被人注意到的高中女生。

“所以我故意接近你，跟你做朋友，目的就是想要毁掉你。”现在的许潇明明是一副清纯可人的长相，脸上却挂着恶魔般的笑容，“你不是奇怪为什么高中会有那么多你的传闻吗，也是我说的，我就是想让所有人都知道你的真面目，都远离你，都恶心你。”

“你心理真是有问题。”舒宜神色冰冷，只恨自己为什么没有早点看清许潇的真面目。

“对，我有问题，我有问题也是被你们这种漂亮的女人逼出来的！”许潇神色激动，“就因为你漂亮，老师都对你特别包容；就因为你漂亮，班上的同学都喜欢你；就因为你漂亮，我喜欢的男生都跟你表白。好处都让你占尽了，可恨的是你还在惺惺作态，和我说你不喜欢自己的这张脸。我看见你，就觉得虚伪至极。”

舒宜突然很想笑，笑自己一直以来的愚蠢和天真。她竟真的觉得自己不受同性欢迎，一路走来没有真正的朋友。

原来，一切都是因为许潇。

舒宜冷声道：“这么多年和我假装闺密，还真是委屈你了。”

言至此，舒宜觉得自己已经没有继续留在这里的必要了，收好桌上的资料，脚上踩着高跟鞋，低头看着有些发狂的姑娘：“我会按照法律流程起诉你，你可以开始着手找辩护律师了。我之所以明白地告诉你，是想让你知道，每个人都要对自己做过的事负责任。”

说完，舒宜往外走，想到什么后回头：“另外，忘了告诉你，你整容之后的样子，真的丑毙了。如果非要比较的话，我还是更喜欢原来那个虽然身材胖，但笑起来很可爱的你。当然，可能你会觉得我这句话也是假的，毕竟人心坏了，看谁都是坏的。”

这件事很快有了后续，法院最后判了舒宜胜诉，“周扒皮”和“心碎的小蘑菇”同时在网上挂出了道歉声明，并进行了相应经济补偿，而网络上曾经跟风骂过舒宜的人也各自道歉，事情至此算是有了一个结果。

只是舒宜这边有了一个结果，幸露的公司却迟迟没有声明。

幸露是娱乐圈红人，整容的新闻已经在网络上连续挂了数天，无论是她本人还是工作室，都没有后续答复，吃瓜群众渐渐对她失去了兴趣，关注度也在不断下降。站在素人的立场上，这是件好事，然而对流量明星来说，冷处理意味着人气的下降。

舒宜盘腿坐在沙发上，低头滑动着手机，一缕长发从耳后滑落，她问陆时禹：“你们之前不是有联合 Alen 开会吗，我以为你是请了 Alen 的公关团队帮忙公关。”

“不算是，我只是作为中间人，将 Alen 介绍给他们双方，至于 Alen 愿不愿意出手帮忙就不一定了。”

Alen 算是公关业内的大牛，他的团队一般以承接商业危机公关事件为主，这种娱乐圈的琐事很少会接。

陆时禹从厨房走出来，手里还端着一盘洗好的水果：“再说我为什么要帮她公关？”

“你这话说得可真无情，人家是为了帮你才自曝整容的，你当然负有责任。”

“首先，我没有求她帮我。我自己的女人被网暴，我可以自己解决，不需要劳烦别人。”陆时禹扬眉，很臭屁地补充了句，“事实证明，我解决得很完美。”

“谁是你的女人？”

“这里除了你，还有别人？”

舒宜无语。

陆时禹见舒宜没反驳，声音带了些得意，继续说道：“其次，我并不认为女性整容是一件需要遮掩的事。公开与否同样也是她的权利，但女性不应该认为整容是羞耻的行为，每个人都有想要改变自己容貌的权利，这就跟化妆是一样的。”

这个观点舒宜也无比赞同，心里有些开心，不愧是她喜欢的人，三观极正。

刚想夸奖几句，就听到陆时禹哼了声：“当然最重要的是，Alen 是我花钱请来的，你知道这个家伙跟我开口要多少钱吗？”

闻言，舒宜把想说的话硬生生地憋了回去，她笑得眼睛眯成了一道线：“你什么时候被齐放传染了？”

陆时禹道：“我现在可是即将有女朋友的人了，我留着这笔钱娶老婆不好吗，为什么要便宜别人？”

自从舒宜和陆时禹敞开心扉之后，这人仿佛就默认了两人的关系，每次舒宜要反驳的时候，陆时禹都会言之凿凿地加一句：“是你当初答应的，可以先在网上假扮情侣。如果你现在觉得听起来别扭，我现在就发微博，让你兑现当时的承诺。”

这样蛮不讲理、脸皮又有点厚的陆时禹，简直跟舒宜高中时认识的他判若两人，她却觉得现在的陆时禹更可爱，与他相处时更舒服。

时间慢慢往前推进，生活好像什么都没有改变，但又好像开始变得有哪里不同。

比如舒宜和陆时禹，两个人的感情逐渐进入了某种微妙阶段，相处模式犹如情侣一般，下班会一起吃饭或者看电影，周末陆时禹还会带着舒宜去周边的地方自驾游，或者什么都不做，两人在家宅一天，研究厨艺。

但实际上，他们甚至没有捅破最后那层窗户纸，没有真正确立关系。

齐放私下里问过陆时禹，两人目前到底什么情况，陆时禹开玩笑称自己还在“观察期”，距离转正还有一段时间。但陆时禹始终没有催促舒宜做决定，他们如今都已经不再是高中毕业的孩子，对待感情都多了几分慎重。

推动两人关系进展的，是江淮临的再次出现。

几个月前，江淮临在舒宜“爆红”网络的时候，向她抛出过橄榄枝。只不过那时候舒宜虽有些心动，但还没有离开悦已的心思。可经历了网络危机事件，舒宜突然意识到女性有自己的独立事业尤其重要，她不可能一直在陆时禹的羽翼下成长。

舒宜仔细听了江淮临的公司的发展规划和方向，心里终于有了决定。

几天之后，舒宜将自己的决定和陆时禹谈了谈，原以为对方会像对待其他事情一样，无条件支持自己，结果却换来了陆时禹的一阵沉默。

“你还记得我们签的合同吧？”陆时禹突然开口，“距离合同期满还有半年。”

舒宜以为他们的关系，早就突破了合同的限制，如今对方突然开口，惹得舒宜垮下脸来。

“合同上规定我如果能够还清你的债务，就可以提前终止协议。”

“许潇和周扒皮两个人给我的赔偿金加起来一共有十万，在医院任职期间，我的工资和提成加起来差不多有五六万块，我自己手头目前有二十万的存款，剩下不足的部分，你清算一下，我明天去银行贷款一笔钱，补给你。”

陆时禹听到舒宜讲这种话，忍不住伸手一把捏住她的鼻子：“诚心气我是不是？”

舒宜一把拍掉陆时禹的手：“是你先拿合同威胁我的！”

“我没有拿合同威胁你，我只是……”

陆时禹后面的话没有说完，他只是不想让舒宜离开自己，至少不是在两人关系都没确定的当下离开自己罢了。

只是话如果说出来，陆时禹显得有些底气不足，最后，他还是败给了舒宜：“算了，如果传媒行业是你喜欢的，我同意你去，只是有个条件。”

舒宜抬眸，听陆时禹继续问：“你还记不记得你答应我的一个承诺？”

陆时禹说的，是当初舒宜拜托陆时禹帮助张雪芙整容时，她随口许下的承诺。后来陆时禹以复合为条件提过一次，被舒宜拒绝了。如今过了这么久，这人又提起来，舒宜突然预感到了什么，莫名也跟着紧张了起来。

“如果我现在再提出和那时候一样的要求，你会不会答应我兑现承诺？”

“如果我说不答应，你会不允许我离开悦己，去传媒公司上班吗？”

“不会。”

“那我不答应。”

她的回答让陆时禹的眸子暗了下来，脸上是难掩的失落，答案在意料之中，但陆时禹发现自己还是燃起过希望。

被拒绝的人反而担心拒绝自己的人尴尬，陆时禹开口转移话题：“不答应也没关系，反正我们时间……”

“傻。”舒宜扬了扬嘴角，双眸中漾出狡黠，“陆时禹，我不答应你以这个条件作为让我兑现承诺的要求，但我答应你。”

非常绕的一段话，让陆时禹的脑子难得当机了几秒。舒宜见这人还没明白，解释：“我当时答应你的时候说过了，你给我提的要求不能违背原则。我答应你复合，并不是因为我想要兑现自己的承诺，这么说你明白了吗？”

所以舒宜是答应了和他在一起了。

男人眼底的笑意越发浓郁，平日里略显清冷的脸此时挂上明显的快乐。

“明白，听得很明白。”陆时禹稳住上扬的声音，“所以你的意思是，我现在还剩下一个你的承诺对不对？”

舒宜：“？”

她是这个意思吗？

陆时禹凑上前去：“好了，现在我要吻你了。”

舒宜离职，最难过的莫过于阮桃，她听到消息，整张脸飞速垮下来：“舒姐姐，你同事的公司还缺人吗，能不能把我带走？没有你，我在这儿工作还有什么乐趣？”

齐放闻言，屈起手指轻轻敲了下阮桃的额头：“小桃子，你要是这么说的话，我可生气了。”

“管你生不生气！”阮桃捂着额头躲在舒宜身后，“舒姐姐，你忍心把我这个小可怜独自丢在这儿吗？你看齐院长当着你的面都敢打我，万一你走了，没人护着我了可怎么办啊……”

自从上回阮桃醉酒被齐放带走之后，再来上班的两个人气氛明显变得不一样了。舒宜私下里问过阮桃一次，小姑娘红着脸憋了半天都没好意思讲当晚发生了什么，但看着那副表情，舒宜也猜得七七八八，忍不住将“禽兽”二字送给齐放。

不过这次阮桃倒是意外地坚决，到现在都没松口答应齐放的追求，也嚷嚷着要学舒宜给齐放一个考察期。气得齐放经常抱怨，说自己软乎乎的小桃子都被舒宜这朵带刺的玫瑰带坏了。

舒宜听到阮桃的话，故意点头，若有所思地说：“我觉得你说得非常有道理，齐放喜怒无常，确实很有可能成为家暴男，不然你跟我一起跳槽吧，现在传媒公司刚好是初创期，正是缺人手的时候。”

然后，舒宜凑近阮桃，用所有人都能听到的音量说道：“还记得之前我和你说介绍男朋友吗，就是这家公司的老板，你跟我去，刚好带你认识认识。”

“当我不存在是不是！”闻言，齐放的卷毛再次竖起，管不了舒宜就朝着陆时禹嚷嚷，“老陆，你能不能说说你家舒宜，怎么老乱点鸳鸯谱呢？”

陆时禹揽过舒宜，嘴角往上抬了抬：“我觉得也不是没道理，阮桃要是跟舒宜的徒弟在一起，也能当个小眼线，这样我放心多了。”

“沆瀣一气！”齐放气得快要起飞，拽着阮桃往一边走，“小桃子，少跟他们在一起，这夫妻俩没一个好人。”

阮桃噘嘴：“哼，我瞧着就你最不像好人。”

被齐放这么一闹，原本离别的气氛也变得轻松起来。

冬天来的时候，舒宜离开了悦己，加入江淮临的公司。

现在纸媒日渐衰落，传统的杂志行业逐步步入困境，各家纷纷朝着网络媒体转型。江淮临依托各大视频平台，推出以短视频形势为主的娱乐视频杂志《Visual》，但由于在初创阶段，整个团队还在摸索视频杂志的定位。

没流量、没宣传、没人脉，江淮临创办的自媒体几乎无人问津，只是零零散散地接一些十八线明星的宣传和小广告，没有形成大的规模。

传媒行业最重要的就是博人眼球，江淮临的公司虽然搭建了平台，但没有好的文案和素材，话题量太小，很难成气候。舒宜并不负责拉项目，没办法在源头上给江淮临助力，每天都带着几个人在创意上做头脑风暴，一番努力下来，靠着一些夺人眼球的标题稍稍将《Visual》的关注度提升了一些。

如今，舒宜跟陆时禹刚确定关系，正是如胶似漆的时候，结果因为舒宜的工作实在太忙，两人相处的时间甚至还没之前暧昧期的多。

晚上，陆时禹驱车接姑娘下班，还没到吃饭的时间，舒宜就已经累倒在副驾驶睡了过去，直到目的地，陆时禹想将她抱下车的时候，她才缓缓醒来。

“很累吗？”陆时禹叹了口气，“早知道这样，当时我就该做恶人，强行把你扣在我身边。”

舒宜伸开双臂，陆时禹顺从地将她抱起来。

舒宜心安理得地享受男人的怀抱，拍了拍陆时禹的脸：“心疼我呀，男朋友。”

“你说呢？”陆时禹臭脸，掂了掂舒宜，“都瘦了。”

舒宜被陆时禹公主抱，双手环着男人的脖子，双腿晃了晃，笑嘻嘻地说：“瘦没瘦，你得亲自感受后才能知道。”

闻言，陆时禹低头深深睨了眼姑娘，没有回话。

两个人虽然确立了关系，但实际上还是保持原本的居住模式没变，区别不过就是彼此多了把对方的钥匙。

陆时禹把困极了的舒宜放在床上，亲了亲她的额头：“我去做饭，你先睡会儿。”

对方刚起身，舒宜坏心地一把拽住陆时禹，仿佛就是吃准陆时禹不会对自己做什么一般，嘴角露出无害的甜美微笑：“陆医生，你不想知道我瘦没瘦吗？”

陆时禹一愣，扭头就看见她眼角没能收住的坏笑，扬了扬眉：“既然舒小姐提出了如此要求，那陆某就恭敬不如从命了。”

说着，陆时禹惩罚似的开始挠舒宜的痒，舒宜笑得四处逃窜，一个追一个躲，两个加起来半百的大人像孩子似的在床上翻滚。

突然，陆时禹捉住舒宜的手将人压在了身下，舒宜原本盘起的长发在打闹中散落，两道视线交叠，两个人的笑容都停在了嘴角，心跳声渐渐交融。

两人顺理成章地亲吻对方，无人打扰的房间，正逢热恋的男女，一切都是那么刚刚好。

陆时禹眼神慢慢变得深邃，舒宜的呼吸也开始紊乱，衣服一件一件散落在地上，突然，一阵急促的电话铃声响起。

陆时禹皱眉，粗声说了句：“别管它。”

片刻后，手机铃声自动断掉。

陆时禹重新含住女孩的唇瓣，正当氛围再度进入佳境时，手机铃声再次响起。

“我先接个电话，万一是有什么急事。”

舒宜从迷离中抽离，伸出一只手臂摸索手机。来电人让陆时禹眉头不着痕迹地皱了皱，舒宜抬头轻轻啄了下男人的唇瓣作为安抚，接通电话：“淮临，什么事？”

“师父，天大的好消息！”那端，江淮临的声音带着明快，“我谈成了一个大项目，拍摄定在了明天，你现在有时间来公司吗？我们赶快敲一下方案。”

舒宜也立刻来了精神，推开陆时禹起身：“好，我现在马上过来。”

陆时禹：“……”

路上，舒宜瞧着陆时禹堪比包拯的脸色，坐在副驾“哧哧”地笑，陆时禹瞥了眼姑娘：“很开心？”

舒宜双手合十，道歉：“事出紧急嘛，下次补偿你。”

下次？

天知道下次是什么时候！

陆时禹磨了磨牙，把浑身的怒气都积攒在江淮临身上。

会议室内，舒宜瞧着江淮临签下的合作协议，太阳穴跳得厉害：“这就是你说的，大项目？”

“对，我们的平台上线之后关注度和点击率一直不高，合作的也都是一些刚刚出道的小明星，这次还是托了一位前辈介绍，这才谈下了这个项目。”江淮临说。

舒宜耗尽浑身力气，才忍住没把面前的协议砸在江淮临头上。谁能想到自己当初看好的有志青年，居然是个傻白甜。

“如果你稍微对娱乐圈有所关注的话，你就应该知道幸露前阵子因为自曝整容导致黑料缠身。”舒宜磨牙，“各家公司都排着队跟幸露解约，你可倒好，自己上赶着签这么个合同回来。”

当然，舒宜说的原因还不是最让她头疼的，最让她头疼的是，现在幸露的满身黑料，还跟她脱不了干系。

一想到自己明天要单独面对幸露，舒宜整个人都不好了。

忧虑了一个晚上，该来的最终还是来了。

按照原定合作协议，幸露将担任新一期《Visual》的封面人物。后期他们会将幸露的拍摄过程剪成视频同步发在平台上，供粉丝订阅。

尽管幸露现在因为网络上的传言名气有所减损，但毕竟是顶流，整个公司都极为重视这场拍摄。

原本担心幸露会耍大牌看不起他们的小单，没想到前期拍摄过程出乎意料地顺利。

幸露是天生的艺人，镜头感很强，当镜头对准她时，她就像条件反射般摆出各种可爱清纯的动作，配上那张人畜无害的脸，整个画面都弥漫着粉色的气息。

拍摄进行到一半，舒宜才到现场，幸露瞧见舒宜时动作一滞，继而飞速调整状态继续拍摄，让舒宜都不得不敬佩对方的专业素养。

一组照片拍完，幸露率先走过来和舒宜打招呼："你在这家公司工作了？"

舒宜和对方并不熟，面对幸露多少还有些尴尬，点了点头解释道："我原本就是做传媒的，只是因为个人原因去悦己工作了几个月，现在已经离开那边了。"

幸露点了点头，转头问摄像："今天的照片都拍完了吧？"

在得到肯定的答复后，幸露朝着舒宜昂了昂下巴："最近我没什么行程，比较闲，你有没有时间陪我出去坐坐？"

虽然诚如陆时禹所言，幸露甘愿自爆转移大众视线是她个人的选择，并没有人要求她这么做，但舒宜对她总还是心怀愧疚。

再加上舒宜知道对方对陆时禹有好感，如今自己跟陆时禹走在了一起，多少带了点不好意思。

出于种种复杂的心理，舒宜答应了幸露的提议，考虑到幸露职业的特殊性，两人找了家私密性较好的餐厅。

才进包厢，幸露就从包里掏出了一支女士香烟，点燃后叼在嘴里，后知后觉问了句："不介意吧？"

舒宜被对方过于流畅的动作惊到，讷讷地摇了摇头。面前这个熟稔地叼着烟，眼神中带着沧桑的女人，和方才在镜头前清纯可爱的女人反差太大，让舒宜一时间有些反应不过来。

"很惊讶我会抽烟？"幸露吐了口烟雾，两根手指夹着烟蒂，"人不能单看外表，镜头前的样子都是被公司包装出来的。"

舒宜同意幸露说的这句话，只是内心仍旧受到了极大的冲击。这一刻，她有些明白为什么陆时禹对幸露在网上自爆整容毫无心理负担，幸露明明就不是看上去那样单纯、为爱不顾一切的女人，相反她极有个性和主见。

幸露随意点了几道菜，开门见山道："今天约你出来，其实也没别的目的，就是想看看陆时禹喜欢的女人是什么样的。"

舒宜笑："巧了，我今天赴约也没别的目的，就是想看看喜欢我男朋友的女人是什么样的。"

有点意思。

闻言，幸露挑了挑眉：“所以有什么感受吗？”

舒宜答：“表里不一，有点失望。”

幸露忍不住大笑：“彼此彼此。”

光看脸，舒宜原本认为幸露是心机颇深的小白莲，幸露也认为舒宜是城府极深的妖艳货色，哪承想三言两语接触下来，所有的想象全被推翻，两个人反倒因为这样的坦诚对对方多了几分好感。

“当初为什么在网上自爆？”

“你就不怕我回答你，是为了保护陆时禹？”

“没接触你之前，我确实是这么想的。可是现在，我发现你不是这么蠢的人。将命运赌在一个对你根本没感情的男人身上，不是你会做的事。”

不知是因为陆时禹在这段感情中给了舒宜足够的安全感，还是舒宜已经解开心里的结，再面对幸露时，她完全没有了之前的嫉妒和猜测，开始站在理性的视角分析对方。

幸露眼底闪过几分赞赏，坦言：“我确实不全是为了陆时禹，我只是有点累了。”

每天像个没有情绪的牵线木偶忙通稿、赶行程，不敢让外界看到自己的真实情绪，就连容貌都不在自己的控制范围内。

“你以为当国民初恋很容易吗，不知道有多少个女生觊觎着这个称号。我年纪一天天变大，圈子里年轻的女孩越来越多，时刻担心自己会变得衰老，担心自己的外貌会变得不符合大众审美，所以每天花大量的时间和金钱保养这张根本不属于我的脸，被公司操控着一再对不满意的地方微调。”幸露又吸了口烟，“这种日子突然间我就倦了，觉得没尽头、没意思。所以，突发奇想发了条微博，想看看如果大家知道我这张脸本就是照着宅男审美制造出来的，会是什么反应。”

女人都会变老，可社会又那么残酷，她们不再给容颜衰老的女人公平竞争的机会，无数后浪将那些曾光辉夺目的前浪掩埋。

幸露的一番话让舒宜陷入沉默，她没想过在镜头前光鲜亮丽的那群人也会有这样的不安，心里刚涌入些类似惺惺相惜的同情的时候，却听见幸露继续说道：“当然，我也想着要是陆时禹能被我的微博感动，答应对我负责就更好了。”

正牌女友舒宜：想得倒是挺美。

Chapter 13...

因为是你

花了大价钱请幸露拍摄了新一期的视频杂志封面，上线后却没能起到相应的效果。

“现在还有人请这个假脸怪拍封面，看着就尴尬。”

“又是她，看见这位作精就很烦，原本还蛮喜欢视频杂志的创意，现在拉黑再见。”

之前，视频杂志的账号还在舒宜的推动下积攒了小几万的粉丝，结果幸露的这期专题封面一出，瞬间又掉了几千粉。

看着一条条恶评，江淮临眉毛皱起：“真是被幸露坑惨了，早知道就不请她了，费钱不讨好。”

舒宜坐在电脑前，实时监控着后台的数据，心理不适感增强。如果她和幸露没有交集，或许她不会有太多的情绪波动，但如今，幸露对她而言已经不再是网上的纸片人，而是有感情、有思想、有个性、有喜怒哀乐的人。

她发现自己已经不能理性地看待那些恶评，想了半天也没想出解决问题的办法，索性直接关上了电脑。

晚上，难得齐放请客，包厢内，阮桃坐在齐放身边，正对着菜单指指点点，颇有要点一本的架势。

齐放颇有些坐立难安：“小桃子，花的可是咱自己家的钱。”

阮桃把菜单一丢，双臂环胸没什么好气地说：“那你点吧，我不吃了。”

“我的意思是，不管是花谁的钱，都得让我的小公主吃饱。点，不够吃还能点外卖！”齐放赶紧把菜单递过去，小声嘟囔，“怎么女人恋爱之后，脾气越来越大了？”

舒宜进来的时候，看见的就是两个人坐在一起和谐地点菜的样子，不禁疑惑，小声问陆时禹：“看这架势，阮桃答应齐放了？”

陆时禹不关注这些八卦，耸了耸肩表示不知道。

舒宜翻了个白眼，就知道从陆时禹口中什么都问不到。

齐放抬头看见舒宜，兴奋地挥手打招呼，还不忘臭屁地说道：“各位，宣布一个喜讯，今天小桃子终于答应我的追求成为我女朋友了！叫各位来吃饭，就是为了分享我的喜悦。”

实际上，让舒宜不要再给阮桃介绍男朋友，才是齐放今天的真正目的。

听到这话，舒宜瞧了眼陆时禹，语带酸涩：“当初我答应你的时候，怎么不见你请客？”

陆时禹老神在在地答：“因为我的幸福不需要被别人证明。”

就数他最有理！

饭吃到一半，舒宜的手机响起来。

舒宜瞧了眼屏幕，轻声跟陆时禹说：“是幸露，我去接个电话。”

陆时禹问：“什么时候你们关系这么好了？”

舒宜挑眉：“嫉妒啊？”

陆时禹点头：“嗯，嫉妒。”

居然还承认了？

舒宜刚想质问对方这话什么意思，就听到男人继续说：“自从你去江淮临那边上班，分给我的时间本就不多，现在还冒出来个幸露。”

最后，他还不忘恶狠狠地补充：“下次下班之后不许开手机。”

幸露最近因为负面新闻，原本签订的合同都被迫解约。经纪公司不允许她私自出门，她在家憋得厉害，才想着找舒宜聊聊天。

舒宜走出去刚准备接电话，就听到走廊尽头有一道声音传来：“舒宜？”

舒宜循声瞧去，脸色瞬间难看起来。

曹铭？他怎么也在这儿！

曹铭油光满面，脸颊通红，肚子挺得像有了几个月的身孕，一副酒足饭饱的样子。

舒宜瞧着他就觉得恶心，也没打招呼转身往另一侧走，才往前迈了两步，手臂突然被人从后面拽住，她一个趔趄险些摔倒。

“刚刚叫你没听到啊，走这么快干吗？”曹铭笑得露出一嘴黄牙。

这人还真不知道“讨厌”两个字怎么写。

舒宜甩开对方的手，神情冷漠：“我跟你很熟吗，别动手动脚的。”

舒宜身上带着一股香味，不知道是发香还是体香，经过曹铭身边时味道钻入他的鼻腔，勾得他心猿意马。

舒宜长得漂亮，身上带着一股子天然的媚劲儿，当初曹铭把人招进来本就没安什么正经心思。

曹铭自己经营公司，手里有几套房子。反观舒宜刚毕业，本科的学历在人才济济的大都市也只能算一般，最初曹铭想着，这样涉世未深的小丫头，还不是自己勾勾手就会扑上来，可上班后他明里暗里表示过很多次，舒宜也不知是真傻还是装傻，愣是不上钩。

如今，曹铭对舒宜，还真存着那么点意难平。

“这才离职几个月，就不认识我啦？听说你现在去江淮临那小子的公司工作了，他能扑腾出什么风浪，前几天还作死地请了幸露拍封面。”曹铭冷笑一声，大胆的手趁机摸上舒宜的手背，眯着眼睛，用充满暗示的声音说，“跟着江淮临混能有什么前途，想不想再回公司上班，我可以继续让你做主管。”

舒宜犹如被踩了尾巴的猫瞬间跳起来，被曹铭摸过的地方滚烫，浑身的怒火因为对方的动作被激起，抬腿朝着曹铭的下体就是一脚：“最近正愁没地方发泄脾气，你偏要跑过来给我当沙包。”

没有任何防备的曹铭疼得跌倒在地上。

曹铭颤颤巍巍地从地上爬起来，弯着腰满目凶狠：“你别不识好歹！”

两边的人越聚越多，有人认出来舒宜，低声交头接耳，还有的拿手机悄悄拍摄。

舒宜没踹过瘾，想上去再补一脚，被人拉住，她回头才发现陆时禹不知道什么时候从包厢出来了。

陆时禹道：“跟这种人动手，也不怕脏了自己。”

“你又是谁？”曹铭盯着陆时禹看了两眼，被酒精浸泡过的大脑混沌不清，“我说舒宜怎么不接受我，原来是又找到新大腿抱了，现在的女人真是现实。”

舒宜此时看曹铭就像在看一个巨型智障，经历了这么多事，她唯一学到的就是不和傻子论长短。她对陆时禹道：“你说得对，跟这种人动手简直是脏了自己。”说着转身打算跟陆时禹回包厢。

聚集上来的吃瓜群众听到曹铭的话，结合之前微博上的传言，神色浮现出了一丝了然。

曹铭见大家都在小声议论舒宜，仿佛得到了仰仗，态度越发嚣张：“等等，你们想去哪儿？”

他说着冷哼一声：“打了人就想走，哪有这么便宜的事？”

陆时禹顿住脚步，扬了扬眉：“那你想做什么？”

曹铭昂着头，色相显露：“我要她亲自跪下来跟我赔礼道歉，不然咱们警局见。”

跪下来道歉？

陆时禹低头摸了摸袖口：“不如这样吧，刚巧我是医生，既然是我女朋友闯了祸，我也有责任，我现在给你治疗治疗吧。”

话音刚落，就在舒宜还没意识到陆时禹要干吗的时候，男人抬脚对着曹铭便是一脚。曹铭超过两百斤的身躯硬是被踹得往后退了两步，然后趴在地上站不起来。

陆时禹这一脚把舒宜惊呆了，谁能想到一向不推崇暴力的陆医生居然公然动了粗。

此时，曹铭被踹的地方痛得失去了知觉，酒精在疼痛的刺激下逐渐退去，终于忍不下去，冲着周围大喊：“保安呢，保安快来！报警，我现在就要报警！”

不过半年的时间，舒宜居然三次造访警局，好巧不巧，今天值班的居然又是周正，对方看见舒宜，眼底也露出一抹无奈：“这也不是什么好地方，怎么三天两头往这边跑？”

舒宜也尴尬：“这不想见见你嘛。”

舒宜对警局的内部结构已经很熟悉，轻车熟路地带着陆时禹坐在等待区，隔着审讯室的透明玻璃，两个人还能看见曹铭对着警察唾沫横飞、神情激动的样子。

想也知道他现在说得有多夸张。

“这个曹铭还真是戏精，这么猥琐，也不知道怎么赚的钱。”舒宜丝毫没有“肇事者”的自觉，伸了个懒腰，“不是说让我遇事要冷静，还记得之前我动手时你就这么教育我的，怎么今天自己忍不住了呢？”

男人瞥了眼姑娘，言简意赅地解释：“最近压力大，缺个人肉沙包。”

理由跟舒宜的一模一样，她忍不住笑，想着曹铭也很倒霉，偏偏撞枪口上了。

还没等到警察询问舒宜这边的情况，门口突然冲进来一个打扮得土里土气的中年妇女，看见舒宜号叫着往上扑：“你个小蹄子，又勾引我们家老曹！”

刚巧周正审完曹铭从审讯室出来，眼疾手快地将人拽住：“在警局闹事，信不信直接把你拘起来！”

对方这才老实。

舒宜认出对方正是害她失业的罪魁祸首，林春娇。

有警察在，林春娇不敢再吵吵，站在喝得醉醺醺的曹铭旁边，一直跟警察辩解，称是舒宜看上了曹铭的钱，一直对其死缠烂打，如今勾引不成恼羞成怒动了手。

舒宜震惊，不知道曹铭究竟是给林春娇灌了什么迷魂汤，让对方居然信了这么扯的鬼话。舒宜恨不得揪住林春娇，把饭店监控摔在她面前，让她清醒一点。

晚上回去，舒宜还是一脸愤愤不平，恨不得跟踪曹铭找到这个人的出轨证据寄给林春娇，让这个女人认清现实。

“没用的。”听到舒宜的想法，陆时禹摇了摇头，“你永远叫不醒一个装睡的人。你以为林春娇真的不知道曹铭做的那些事吗，她只是不愿相信罢了。”

舒宜不懂：“既然知道，林春娇为什么还是这样执迷不悟？”

如果陆时禹敢出轨，舒宜不说揍对方一顿，至少也会选择第一时间分手。

“不是每个人都像你一样勇敢。”这样的女人，陆时禹在工作中见过太多，“你还记不记得张雪芙，她面对家庭暴力不敢反抗的原因，无非就是因为钱，林春娇也是一样的。”

曹铭和林春娇白手起家，如今曹铭一跃变成凤凰男，林春娇却还是全职家庭主妇，打扮土气、举止粗俗，她不知离开了曹铭之后该如何生活。所以即便知道曹铭在外面劣迹斑斑，也一次又一次地合理化丈夫的行为，也不知是在骗别人，还是在骗自己。

舒宜叹了口气，喃喃：“为什么我们总是学不会欣赏自己，总是要依靠别人的评论来定义自己。我是这样，张雪芙是这样，甚至幸露和林春娇也是这样。”

舒宜思索了片刻，用力拍了下陆时禹的大腿：“我想到既能挽救《Visual》，又能帮幸露摆脱整容困境的方法了！”

舒宜眼睛亮晶晶的：“陆时禹，夸我！”

陆时禹满脸无奈：“拍大腿都知道拍别人的，很机灵。”

往期的《Visual》如同娱乐杂志的视频版，没有任何的特色。而新一期的杂志，舒宜决定在内容上进行全新的尝试，整期围绕一个特定主题，专门针对女性外貌与社会评判进行探讨。

灵感迸发，舒宜一夜未眠，天色大亮的时候终于写完了完整的方案，趴在桌子上睡着了。

陆时禹晨跑回来到舒宜家准备早餐，才发现姑娘一夜没睡，拿起桌子上打印出来的企划书从头到尾读了一遍，又瞧见女孩眼底的青痕，心里满是心疼，想着早知如此，就不该答应舒宜去那边工作。

听见响动，舒宜睡眼蒙眬："你怎么过来了，几点了？"

陆时禹答："六点，去床上睡会儿。"

舒宜迷迷糊糊地扑倒在床上，拉上被子还不忘嘱咐："八点记得叫我，我还要发策划给淮临，跟他商量杂志改版的事。"

一觉睡到中午，舒宜醒来之后第一件事就是看时间，发现陆时禹根本没按时喊自己起床。

舒宜掀起被子就往门外走，经过客厅时发现陆时禹还没离开，正舒坦地坐在沙发上看新闻。

见舒宜醒了，还没意识到自己错误的陆时禹说道："睡醒了？来吃点东西。"

吃什么东西！

"大骗子，别跟我说话。"舒宜恶狠狠地瞪了眼陆时禹，还在埋怨男人没有叫醒自己。

陆时禹只好道："方案已经给江淮临发过去了，他现在已经在联系幸露的团队，约了下午开例会。请问工作狂小姐，现在可以吃饭了吗？”

舒宜动作顿住：“你帮我发了？”

“嗯。”陆时禹双臂环胸，“我看了你的策划，你除了想找幸露，还想找几个受到外貌困扰的素人。需不需要我帮忙安排？”

舒宜的策划里，最重要的一个部分便是普通人的“外貌霸凌”，但是能够在镜头前讲述自己故事的女性却很难找，原本舒宜还想如果实在找不到就取消，没想到陆时禹瞬间帮自己解决了问题。

“当然要！不愧是我家亲爱的，今天的陆时禹一米八！”舒宜像只小狗狗，兴奋地捧住陆时禹的头连啃带亲，不停说着讨好的话。

“请严谨一点，我一米八三。”陆时禹的扑克脸没绷住，“刚刚还说我是骗子，现在听到我说帮你找到了受访对象，就又喊我亲爱的了。”

女人，还真是现实。

作为《Visual》创始人，江淮临对舒宜提出的所有方案照单全收，没有任何意见。实际上，他并不指望舒宜能“力挽狂澜”，只是想着反正现在最差也就这样了，索性由着舒宜折腾。

因为全程都是自行策划，舒宜对每一个细节都亲力亲为。

之前的封面沿用了幸露传统的形象风格，主要是清纯玉女风。这次舒宜在和幸露沟通之后，两个人都决定打破传统，尝试新突破。

舒宜将幸露曾经对着镜头笑得一脸无害的照片与幸露如今的

素颜厌世脸无缝拼接在了一起，一边活泼灵动，一边暗黑冷傲，视觉上呈现出强烈对比。

幸露作为第一位受访嘉宾接受采访，镜头前的她完全素颜，仍旧是那张曾经让无数宅男心动的脸，可气质仿佛一夜间变了样，孤傲、冷漠、疲惫。

“对于在娱乐圈的女明星来说，有时候外表比能力重要，那些长在大众审美点上的女孩，总是能轻而易举地获得别人竭尽全力也争取不到的路人缘。托了我主刀医生的福，我享受到了别人求之不得、一炮而红的机会，并且被冠以‘国民初恋’的称号，也有了我需要扮演的人设。这么多年，我的个性、我的能力、我的喜好，好像都被外表弱化了，除了满足大众审美期待，我找不到其他出路。

“可大众的审美标准是什么呢？今天他们喜欢我，明天可能又喜欢另外的面孔，怕被大众抛弃的我越发焦虑，越发迷茫，也越发恐惧，我担心有一天大众审美发生改变，我会从国民初恋变成过时的花瓶，精美却不再被人欣赏。

“最讽刺的是，我竟不知道我的脸为什么要满足别人的期待。我整容的初衷就是因为我喜欢，我想要，我高兴，我并不觉得这是什么需要隐瞒的事，因为不管整容前还是整容后，对我而言，我都是我。

“凭什么女明星就要接受这样的审美审判，凭什么女明星在审美审判下失去了重塑面容的机会，我的脸长在我的头上，凭什么因为你排斥整容我就不能改变？我自爆整容就因为我想告诉全世界，想告诉所有的女生，不用管什么审美期待，就做自己吧，只要你喜欢。”

画面至此定格，镜头外的幸露脸上不知何时添了两道泪痕。

“真丢人，我居然还哭了。”幸露骂了句脏话，胡乱抹了两下脸，往身上蹭了蹭，“今天不管结果怎么样，反正我爽到了，得谢谢你。”

舒宜递了瓶水过去，看着幸露现在的样子，莫名地想到之前脆弱的自己，觉得两人相似的地方越来越多。

舒宜安慰她：“有人曾经跟我说过，偶尔的脆弱不丢人。你又不是伞，老是硬撑着干吗？”

幸露笑了笑：“是陆时禹跟你说的吧？”

舒宜一愣，随即轻轻点了点头。

她总是避免在幸露面前提到陆时禹，也不是刻意，只是觉得怪怪的，每次提到都有种在幸露面前故意炫耀的感觉。

“从来没人和我说过这样的话。”幸露喝了口水，敛眸，“我大学的时候其实见过你。那时候我喜欢陆时禹，听说他有了女朋友心里不甘，偷偷跟踪过他。

“看到你的时候我心里也想着：看吧，男人都一个样，美好如陆时禹都免不了俗，喜欢漂亮的女人。但心里又有阴暗的期待，想着陆时禹对你肯定不是认真的，暗戳戳地等着你们分手。

“后来你们真分手了，我跟陆时禹表白，被狠狠地拒绝了。那时候我问过他，是不是我变得像你一样漂亮，他就会跟我在一起。你知道他怎么说的吗？”

舒宜从没听陆时禹提起过这些事，也有些好奇：“说不会？”

“不，他说美可以被复制，但舒宜只有一个。”幸露眯了眯眼，“那时候我挺难过的，为自己有过想让你们分手的卑劣念头难过。我意识到，诅咒别人并不会让自己获得幸福。”

接下来拍摄的主要是长相并不符合大众潮流的普通女性，陆时禹联系到了一位曾经咨询过整容的高中女生。

当舒宜在屏幕外问道“你认为外貌带给你最大的困扰是什么”的时候，正处于花季的女生沉默了。

良久，她对着镜头一字一句地说道：“我周围的所有人似乎都认为，长相不漂亮的女孩就应该接受一些并不好笑的玩笑，就应该包容那些长相漂亮的女孩的低级错误。可他们不知道，再平凡的女孩也有感觉，也会思考，也懂得悲伤，这个世界并不只是美人才配拥抱生活。”

整个视频最后呈现的效果，远远超出江淮临的意料。无论是配色，还是视频的文字配音，都重重敲打着每一颗曾经以貌取人的心，江淮临越发觉得自己当初死皮赖脸让舒宜加入团队是明智之举。

《Visual》杂志发出的24小时内，舒宜一直在关注后台的流量曲线。然而令她感到失望的是，几个小时过去了，视频点击率依然低迷得可怜。因为从未这样期待过，所以结果特别让人失望。

江淮临让大家回去休息，心情特别丧的舒宜难得在天还亮着的时候下班，跑到陆时禹办公室寻求安慰。

突然想到幸露的话，舒宜凑过去缠着看患者资料的陆时禹：“你还记不记得之前我找你帮我整容？”

“嗯？”陆时禹翻了页资料，抬眸看了眼笑得古怪的舒宜。

“如果我现在还想让你给我做手术，你可以帮我安排吗？”

“可以。”陆时禹一丝犹豫都没有，随手甩给舒宜一本时尚杂志，“想要什么样的脸，自己挑。”

这个阔绰的样子，让舒宜险些误会对方给了自己一张黑卡，让她随便刷，她无语道：“你就不劝劝我？比如告诉我，我已经很美不需要整容，你就爱我现在的样子，或者是整容恢复期长对身体有危害之类的。”她记得当初齐放就劝过她。

陆时禹露出一丝古怪：“如果人人都这么想，整形医院岂不是要倒闭了。”

确实没毛病。

沟通不畅，舒宜撇着嘴自己低头刷手机，想要看看后台的数据，才打开APP，整个人就从沙发上跳起来，连话都说不通畅：“陆……陆时禹，你过来掐我一把。”

陆时禹脸上写满了问号：“这个要求有点特别，突然皮痒了？”

“没跟你开玩笑！”舒宜跑过去，把手机递给陆时禹，“你快帮我看看，这个数据我不会看错了吧，还是后台出现了什么bug？”

陆时禹看了眼屏幕，又瞧了眼瞪圆双眼、面上写满恐惧与期待的女孩，没忍住低头亲了亲女孩的唇，夸道：“嗯，点击率飙升，我女朋友真棒。”

《Visual》原本的关注度十分低，甚至还是幸露的黑粉发现了新一期杂志封面，怀揣着想大骂一通的心思冲进去观看，没想到却打脸转发。

也多亏了这些黑粉，几个小时之后，在团队没有进行任何营销的状态下，《Visual》视频杂志冲到了推荐榜首页，随即被人转发至微博，引起了更大的关注。

短短一天时间，“幸露”“审美期待”“低级玩笑”等关键词刷爆热搜。

这次的成功让团队看到了希望，江淮临决定乘胜追击，和舒宜商议是否顺着这个话题再策划一期，彻底定位《Visual》的杂志风格。

小组专门召开了选题会，最后决定将新一期的策划方向聚焦在“女性美”的话题上。

是否漂亮的女生就不会受到外貌歧视？

女性整容究竟是源于自我认同，还是社会期待？

这些话题都可以作为论题出现在杂志中。

方向有了，只是采访人选和素材却迟迟没有敲定。

江淮临问舒宜：“师父，你要不要趁着这个机会，自己上场？”

他提出这个建议是有原因的，一方面，他们确实无法在短时间内找到比舒宜更适合谈论“美丽暴力”这个概念的女性；另一方面，当初那场网络暴力中的两个造谣者虽然都得到了惩罚，但舒宜本人仍旧饱受部分人的质疑，江淮临也想借此让舒宜摆脱外界的审判。

舒宜对此有些犹豫，原本以为陆时禹听到这个提议会反对，没想到对方却答应得异常痛快："我支持，反正最差的结果也不过是再次被网暴，到时候我顺便满足你的心愿帮你整容，这样谁都不认识你了。"

舒宜强烈怀疑是最近整形医院的效益不好，陆时禹转而开始打她的主意。

其实私心里，舒宜是想参与的，倒不是因为想要为自己辩解，而是她想要为更多的女性发声，想让更多的人注意到外貌审判本身就是一种伤害，无论是美丽的，还是平凡的。

只是，舒宜也担心自己会又一次陷入网络风波中，她不确定自己是否有强大的心脏再次面对如此大规模的人肉和谩骂。

"我陪你一起。"陆时禹说。

"你说的，是我理解的意思吗？"舒宜不敢相信地瞪圆了双眼，反复确定，"是陪我一起出镜的意思吗？"

在得到对方肯定答复的时候，舒宜惊讶得嘴里都能塞进一个灯泡。

陆时禹的身份特别，是国内首屈一指的整形修复专家，每一句话的分量不言而喻。之前舒宜在医院工作的时候，有很多家主流媒体都联系过陆时禹，只是他很讨厌新闻宣传，推拒了所有邀约。

舒宜万万没想到，陆时禹会主动提出和自己一起出镜，可以说，陆时禹的加入将拉高整个《Visual》的格调，同时也会引来更多的主流媒体及专业人士的关注。

陆时禹伸手摸了摸舒宜的头发：“如果被网暴，我就跟着你一起被网暴吧，谁让我找了个这么漂亮的女朋友呢。”

拍摄当天，悦己整形的全体员工加上《Visual》所有成员齐齐到场围观，纷纷举着手机，把小巧的摄影棚围得里三层外三层，阵仗比真正的明星过来拍摄还要大。

为了突出舒宜的美艳，增加视觉冲击，江淮临斥重金请了造型师为舒宜做造型，化妆的时候，造型师连连感慨：“这张脸不出道，太可惜了。”

舒宜原本还在跟阮桃谈笑风生，结果坐在被采访的凳子上，面对镜头时，紧张感瞬间扑面而来。

“你摸摸我的手。”舒宜伸出手，让坐在她旁边的陆时禹攥了攥，一片冰凉。

陆时禹帮姑娘揉着手：“当机器那边坐的都是你的仇人，会不会好一点？”

舒宜一本正经地答：“会，但是我怕自己忍不住把机器踹了。”

灯光亮起，舒宜面对镜头，露出一排洁白的牙齿，按照事先准备好的台词进行自我介绍：“大家好，我是永远不担心自己外貌，从小美到大，被无数人嫉妒的天生尤物，《Visual》的策划，舒宜。”

说完，镜头拉远，舒宜继续介绍：“坐在我身边的这一位，是北城大学附属医院整形外科特聘专家，悦己整形医院院长，陆时禹先生。”

画面切换到陆时禹身上，男人对着镜头微微颔首，补充：“大家好，我是舒宜的男朋友。”

意料之外的台词让围观群众发出不小的骚动，一群女生嗷嗷喊着陆院长会撩，齐放低头看了眼又是跺脚又是捂脸的阮桃，摸了摸下巴，琢磨着自己是不是也得买一本老陆前阵子看的小说回去补课。

不得不承认，陆时禹就像是一颗定心丸，让舒宜讲述自己的经历时流畅又顺利。

舒宜平淡地和大家分享了自己进入社会后，因为容貌所受到的误会、质疑，包括性骚扰。虽然舒宜挑选出来的内容，与年幼时受到的谩骂诅咒、高中时经历的排挤孤立、前段时间遭受的朋友的背叛相比，只是冰山一角，但足够让现场的女生沉默不语，甚至感同身受。

随着舒宜的缓缓讲述，现场逐渐变得安静。

面对镜头，舒宜不疾不徐地结尾：“大家都说能天生拥有这样一张脸，大概是上辈子拯救了地球。可是如果我拯救了地球，只是换来了这样一张毫无用处、让我的人生写满悲剧色彩的脸，那我最想跟上辈子的自己说：不要拯救地球了，让地球毁灭吧，因为人间不值得。”

之后，陆时禹站在整形专家的立场上，为女生们科普了一些常识性的知识。

陆时禹本身长相帅气，声音又沉稳，舒宜安静地坐在一边，两个人呈现出了一幅偶像剧拍摄现场的奇妙画面。

录制结束的瞬间，舒宜突然理解了当初幸露的眼泪，她居然也有种想哭的感觉。

陆时禹仿佛明白舒宜的想法，伸手自然地将姑娘揽至怀里，垂眸拍了拍她的后背，轻轻说：“都过去了。”

摄像师看到了这一幕，在两人都没注意的时候飞速举起手里的摄像机，按下了快门键。

经过前期的摸索与试验，《Visual》逐渐找到了方向和定位，江淮临还特意想了一个又土又洋气的slogan（宣传口号）——“Visual，有格调的视频杂志”。

舒宜总觉得自己出镜又参与制作有些尴尬，于是让江淮临带队进行这一期的剪辑和发布工作，自己则休了几天假。

后果就是，当舒宜发现新一期杂志封面居然堂而皇之地用了一张根本不知道什么时候拍摄的，陆时禹在采访现场安慰自己的照片时，整个人都不好了。

也不管对方是不是老板，舒宜拨通电话就开始骂：“江淮临你脑子坏掉啦，前期选了那么多的照片用作封面备选，怎么最后用的是我们的照片？一不是明星，二没有热度，三图文不符，刚做起来的流量都要被你搅没了，你明天最好别出现在我面前，我怕自己忍不住一脚踹飞你！”

江淮临大气都不敢喘一声，直到舒宜骂痛快了，才发出微弱的声音：“师父，咱们这期杂志刚发布点击率就破万了。你跟姐夫，都红了……”

舒宜一愣，飞速挂断电话打开微博，果然瞧见榜首的热搜词条居然变成了“神仙颜值”，戳进去发现自己跟陆时禹的封面照居然刷屏了。

“这样的采访，我能看一百集。”

“配一脸，跪求两人迅速上综艺！”

“我收回之前喷悦己院长的一切言论，并且愿意以身相许赔罪！”

……

看到最后，舒宜发现与原本想要传达的某些观点相比，大家仿佛对八卦更感兴趣，舒宜心情无比复杂。

唯一值得庆幸的是，《Visual》成功走入了大家的视野，越来越多的人选择订阅和关注，官博的粉丝数短短一个星期就破了百万。

只是舒宜很无奈，大家居然纷纷在评论里留言，想请舒宜多参加几次杂志的采访。

晚上，江淮临做东，在当地一家小有名气的五星级酒店办庆功宴，庆祝杂志终于步入正轨。

陆时禹作为家属与幕后功臣，也收到了邀请。

舒宜踩着高跟靴，一只手撑着车门，对还没从驾驶位出来的陆时禹说：“这算不算你跟着我蹭饭啊？”

从接连打击中恢复过来的舒宜穿着利落的工装裤、机车上衣，仍旧是那副嚣张跋扈的表情，将气质拿捏得死死的。

陆时禹将汽车熄火，丝毫没有觉得她说这句话有什么不舒服，万分顺从地点了点头:“是,希望舒小姐继续努力,争取早日养我。”

舒宜挽上陆时禹的手臂:“才不要,你个子高,太难养活了。”

餐厅在顶层,两个人进入电梯,电梯门还没关上,有人急急忙忙地跑过来:“等一下!”

陆时禹重新按了开门键,矮胖的身躯从门缝里挤进来,舒宜看到对方时,嘴角露出一丝冷笑。

林春娇?

还真是冤家路窄。

此时的林春娇也认出了站在自己面前的男女,想退出去已经来不及,只能看着电梯门在自己面前缓缓关上。

狭窄的空间里没人讲话,舒宜还以为林春娇再遇见自己会扯着脖子骂人,结果今天对方一改往日嚣张的气焰,抬头盯着门假装电梯里的他们都不存在。

电梯缓缓上升,林春娇迟迟没有按楼层。

舒宜之前受了那么多来自林春娇的谩骂,自然不能放过这个机会,主动打招呼:“瞧这世界小的,这位不是曹铭的爱人吗,您也抽空来这儿吃饭啊?今天是跟曹总约会来了?两位还真是恩爱得让我这个‘小三’嫉妒。”

面对挑衅,林春娇居然没做任何回应,继续背对着舒宜装聋作哑,这可真是奇了。

“叮”一声,电梯门打开,林春娇率先走出去。

舒宜眨了眨眼,看向陆时禹:“什么情况?”

陆时禹使劲儿揪了下舒宜的鼻子："下次不许调皮，容易挨打。"

几分钟后，舒宜还没踏入包厢，就听到大厅传来一阵声嘶力竭的嘶吼："曹铭，我十八岁就跟了你，当初骗家里的钱给你创业，要没有我林春娇，你能混到今天？现在你为了这么个丫头片子跟我动手，你还是不是个人？"

这熟悉的声音，不是林春娇是谁。

舒宜"咿"了一声，陆时禹听到舒宜上扬的尾音就知道小姑娘燃起了兴趣，还没伸手拽人，舒宜敏捷地凑到了门口。

此时的林春娇坐在地上号啕大哭，曹铭搂着的姑娘二十岁出头，对方显然也不是个善茬儿，抱着曹铭小声啜泣，脸上是我见犹怜的委屈。

根本不需要多言，一看就知道是什么情况。

舒宜对林春娇有些失望，当初怀疑她是小三就亲自去公司堵她还敢动手，怎么今天就尿得坐在地上哭了呢？

很快，保安过来将人群疏散，礼貌地请三个人离开了餐厅。

了无趣味。

舒宜撇了撇嘴，从人群里钻出来。

陆时禹站在不远处看着她，似笑非笑地道："看完热闹了？"

"我平时可没这么八卦，是因为她污蔑我对曹铭那个行走的垃圾有想法在先。"舒宜冷哼，"看这下林春娇还怎么装聋作哑。"

陆时禹对别人的事并不感兴趣，叹了口气："以后你还是别单独出去了，我真怕你挨打。”

舒宜心情好，加上陆时禹就在自己身边，便跟同事喝了点酒。

舒宜这个人一沾酒精就容易兴奋，特别是面对陆时禹的时候。从餐厅出来，她不安分地往陆时禹身上扑，扬言自己是个挂件，让对方背她。

好不容易到了家，舒宜又想到了陆时禹看的言情小说，趁陆时禹在厨房给她冲蜂蜜水的空当，“哒哒”跑到了书房，把阮桃送给自己的书拿出来。

“陆时禹，你瞧这是什么！”

医学界大佬靠言情小说追女友，这个梗舒宜能玩一年。

陆时禹看见姑娘手里的书，声音沉下来：“过来把水喝了。”

“我不要！”大脑仍处于亢奋状态的舒宜此时还没意识到问题的严重性，当着陆时禹的面翻开书，“陆医生，你最喜欢哪个情节，我当睡前故事读给你听啊。”

陆时禹眯了眯眼，将水杯放在桌子上，食指在餐桌上敲了敲：“真想知道？”

舒宜越笑越欢：“让我猜猜，是霸道医生表白小娇妻，还是……”

话音未落，陆时禹连人带书纳入了自己怀里，声音越发低沉：“我现在可以亲自演示。”

混沌的大脑终于清明，舒宜摇头：“算了，我不想知道了！”

“已经晚了。”陆时禹一把抱起姑娘走进卧室，“这次没有电话能救你了。”

早晨，陆时禹从外面跑完步回来，轻轻走进卧室，发现姑娘已经睁眼，把自己包裹得严严实实地躺在床上，瞪着双眼也不知想什么。

陆时禹心情很好地低头啄了啄舒宜的唇：“早上好。”

舒宜嫌弃地推开他，哼了一声。

“用完了就翻脸不认人了？”陆时禹蹲下身子挑眉，“昨天抱着我撒娇的是谁？”

舒宜奓毛，一巴掌拍在陆时禹的嘴上，“你你你”了半天憋出来一句：“你怎么脸皮这么厚！”

陆时禹眼带笑意：“脸皮不厚追不到你啊。”

舒宜发誓以后绝对不能再让陆时禹接触言情小说，这些骚话怎么越来越得心应手了。

目前是舒宜亲自打理《Visual》的官方微博，趁着刷牙的空当，她习惯性地拨弄着手机，置顶的微博下面，一条获赞数万的最新评论引起了她的注意。

那是一个名为“春娇百媚”的网友发的图片，能在这么短的时间内获得如此多的赞和转发，舒宜还以为是哪个明星翻了他们杂志的牌子，点开之后才发现，这张图片居然是对方写给自己的一封信。

舒宜，我是林春娇。我不知道如何联系你，怀着侥幸的心理，我直接将想对你说的话写在了这条评论里。

曹铭和我提出离婚了，律师找我的时候我才知道，一年前曹铭就背着我进行了资产转移，就连我们住的房子，他也在前些日子骗我进行了抵押，离婚后我相当于净身出户。我知道这几年曹铭一直不对劲，我猜他外面应该有女人了，只是没想过他居然会做到这个地步。

我没什么文化，前些天看了《Visual》上面关于你的视频，才知道自己一直以来都误会你了。之前有人联系我买走了我和你争吵的视频，后来放在网络上，还造成了不小的影响，在这里，我公开和你道歉。我最近一直觉得自己这辈子过得挺不值的，为了一个男人放弃了自己的事业和青春，甘愿当个黄脸婆照顾他，结果落得这个结局。你在视频里说得很对，女人先要学会欣赏自己，才能欣赏别人。这么多年，我因为曹铭忘记了自己，也忘记了善良。

短短几百个字，舒宜反复读了很久。

舒宜没想到曹铭真的会抛下这个糟糠妻，曹铭又一次刷新了她的认知。

字里行间，她感受到了林春娇的泼辣与可爱。

舒宜有些难受，她虽然总是骂林春娇又蠢又傻，恨不得对方赶紧认清真相跟曹铭离婚，可当对方真的被迫从自己编织的梦境中醒来的时候，她还是觉得有些于心不忍。

舒宜指尖动了动，还是决定转发这条评论，并且公开说道：“每一次职场骚扰的背后，都有一个同样受尽委屈的妻子。春娇你好，我是舒宜，我和你在一起。”

《Visual》如今的流量已经不可与之前相提并论，官博发出来后更多的人看到了这个新闻，曹铭在圈子里算是有一席之地，全程实名化加速了这件事的发酵，一石激起千层浪，那些曾经和曹铭有过接触的人纷纷跳出来，控诉曹铭的罪状。

很快，“春娇你好，我是××”的句式在网络上刷屏，舒宜看着飞速跳跃的评论，忍不住跟陆时禹说了句非常老套的话：“网络，真是把双刃剑。”

在舆论的压迫和大众的抵制下，曹铭名下的公司发展一落千丈，反观当初被曹铭嫌弃的《Visual》，在江淮临和舒宜两个人的坚持下，人气越来越旺，年底还被评选为国内最具影响力的娱乐电子杂志。

那一晚后，陆时禹每天都用不同的理由留在舒宜家，如此坚持不懈了一段时间后，舒宜终于忍不住：“你租的房子就在对面，你天天跑到我房间睡，这样浪费钱真的好吗？”

陆时禹立刻心领神会：“好的，我明天就退租搬过来。”

舒宜：“？”

所以，她是这个意思吗？

伴随着《Visual》的大热，舒宜彻底红了，特别是当初那句“春娇你好，我是舒宜，我和你在一起”为她成功吸到了一大批粉，其中以女性偏多。

当大家知道《Visual》官博是舒宜在运营之后，每天都有大量粉丝在网络上花式告白。这也无形中加深了陆时禹的紧迫感，他开始暗暗试探舒宜有没有结婚的心思。

“我才不要这么快走入婚姻的坟墓！”舒宜对这件事异常坚持，特别是她事业刚刚起步，而且跟陆时禹相处的模式跟寻常夫妻也没什么两样，实在没必要在乎那道手续。

几次失败之后，陆时禹突然收到了齐放的婚礼邀请函。

这件事成为压倒陆时禹的最后一根稻草，实在无法接受自己落于齐放后的陆时禹每天板着脸，看啥仿佛都不顺眼，家里连着几天都弥漫着一股低气压，搅得舒宜既好笑又好气。

往常都是见女人逼婚的，怎么到了他们这儿角色颠倒了？

舒宜试图跟陆时禹讲道理：“是因为阮桃怀孕了，两个人才匆匆办婚礼的。”

陆时禹不听：“我也想要个属于我们的宝宝。”

“可是我觉得我们还年轻，没必要这么早结婚啊。”舒宜劝。

“你还年轻，我已经老了。”陆时禹满脸冷傲。

两个人互相说不通，居然因为这个陷入了冷战。这应该还是两个人重新在一起以来，第一次冷战。

陆时禹每天照常接送舒宜上下班，只是两个人坐在车上犹如陌生人，谁都不肯开口讲话，即便是同处一室要问问题，也是通过手机微信解决，好像谁先开口谁就输了。

过了两天，陆时禹先妥协，想着舒宜不愿意结婚就不结了。去接舒宜的路上，他顺路买了几朵玫瑰花，打算跟舒宜道歉。

结果到了舒宜的公司才得知，舒宜已经在一个小时之前下班了。

江淮临告诉陆时禹："师父让我告诉你一声，她在北街那边等你。"

毕竟连续闹了两天矛盾，陆时禹满心忐忑，生怕舒宜一个不高兴又和自己分手。一路开到北街，远远地就看见站在十字路口等待的人。

舒宜今天穿了白衬衣和及膝短裙，看见陆时禹也不等对方说话，一把拽住男人就往旁边的楼里面走，抱怨："你怎么来得这么晚，都要过号了？"

"去哪儿？"陆时禹有些摸不清套路，顺从地跟着舒宜的脚步往前走。

上到三层，当电梯门打开，陆时禹看到门口贴着明晃晃的"民政局"三个大字的时候，整个人愣在了原地，一时间有些迈不开腿。

舒宜见拽不动这人，扬了扬眉："你不会后悔了吧，再不快点就真过号了。"

"我……"活了这么多年，陆时禹难得语塞，等了两秒才找回自己的声音，"你不要为了我勉强结婚，我这两天也反思了自己，今天就是打算跟你道歉的。我会尊重你的意见，等到你完全对我有安全感的时候，再结婚。再说，今天也有些草率，我连户口本什么的都没带……”

“你怎么这么磨叽？”舒宜从包里掏出了两个人的户口本，“跟你妈要的，现在你全家人可都知道我们今天登记，晚上还等着我们回家吃饭呢！”

陆时禹是真的被惊到了，当民政员在鲜红的本子上盖上章的时候，脑子还有些混沌。

舒宜拿起两个人的结婚证：“喏，你还是赢了齐放。”

陆时禹好像这才知道女人答应跟自己结婚的原因，皱眉：“我和你求婚不是因为齐放。”

“我知道，逗你的。”舒宜弯了弯眼角，“这几天我也想了很多，当时没考虑结婚完全是因为觉得自己的事业才刚起步，没能充分考虑你的感受，对不起。”

“我没有缺乏安全感，你很好，非常好，好到足够我心甘情愿嫁给你。”舒宜往外呼了口气，“老公，我的后半生就交给你了。美也好、丑也好，都不要嫌弃。”

陆时禹心里此时有千万情绪在翻滚，在舒宜答应和自己在一起之后，他已经很久没有如此剧烈的情绪波动了。

“我爱你，从来都是因为你是你。”最后，千言万语化成了一句，“老婆，以后多多指教。”

汽车后座的玫瑰，正在以最美的姿态绽放。
